그래도 시와 정치를 위하여

그래도 시와 정치를 위하여

강세환 산문집

예서

차례

1부

2부

3부

4부

5부

6부

1부

시작하는 말

화두는 없다. 그때그때 손끝에 닿는 것이 화두가 될 것이다. 시에 대한 얘기가 많겠지만 아무짝에도 쓸데없는 잡생각도 많을 것이다. 그것도 알 수 없다. 어떤 대상 혹은 비대상에 대한 약간의 사유는 있을 것이다. 문득문득 민감할 때도 있을 것이다. 긴 여정이 될 것 같지만 급한 마음이 또 앞설 것만 같다. 독백이다 보니 특정 독자를 염두에 둔 것도 아니다. 시도 그렇고 소박한 이 산문집이야말로 무얼 더 바라겠는가. 눈앞의 장벽을 무너뜨리진 못해도 조금이라도 흔들어보고 나도 좀 흔들어보고 싶을 뿐이다.

꽃

의정부 방향 중랑천 산책길이 바뀌었다. 산책길 중간에 공사 중이라는 입간판 때문에 부득이 산책로를 선회하게 되었다. 그러나 이 길도 수양버들이 있고 중랑천이 흐르고 계절마다 꽃이 다르고 야외 농구장에는 청소년들이 농구를 하고 있다. 나는 주로 밤 산책을 선호하다 보니 밤 9시에서 10시 사이, 이 시간대가 좋다. 산책이라곤 하지만 최근엔 조깅에 조금 더 가깝다고 할 수 있다. 2023년 9월 13일 밤 10시쯤 하계동 방향 중랑천 산책로였다. 창동교와 상계교 구간이었다. 바로 내 앞에 가던 중년 여성이 산책하다 말고 걸음을 멈췄다. 나도 멈췄다. 그녀는 세 발짝, 두 발짝 다가가 꽃밭 앞에 서서 "아, 예쁘다~ 아 이쁘다~" 아무도 보는 사람이 없는 데 듣는 사람도 없는데 좀 어두운데 그녀는 누구에게 말하 듯이 혼잣말을 반복했다. 나도 속으로 되뇌었다. '아, 예쁘다!' 그렇지 않은가. 시도 마찬가지만 꽃이야말로 지금 그 앞에 있 는 사람의 것이다. 아니다, 그 앞에서 보는 사람의 것이다. 아 니다, 남들이 보지 못한 것을 보는 사람의 것이다. 아니다, 그 것보다 남들이 보고도 놓친 것을 보는 사람의 것이다. 아니 다, 그보다 어떻게 인식하느냐가 중요하다. 사유가 중요하다. 아니다, 느낌이 중요하다. 아무튼 그 구간을 지날 때마다 그 꽃을 또 생각할 것이다.

'꽃은/ 보는 사람의 것'(김미혜, 「모두 내 꽃」). 이 산문을 쓰 면서 이 구절이 생각났다. 잠깐 좀 전에 본 꽃은 꽃 이전의 꽃 이었던가. 그럼, 이 꽃은 꽃 이전의 꽃인가. 꽃 이후의 꽃인 가. **이를 테면 언어 이전 혹은 인식 이전의 '꽃'이었던가.** 개념 이나 논리보다 그 이전의 무엇이었다는 것인가. 시도 거기쯤 있다는 것인가. 왜 선방의 수행자들이 한사코 벽과 마주 앉 아 있는지 조금 알 것 같다. 갑자기 꽃이 벽이 된 것 같다. 아 니다, 벽이 꽃이 된 것 같다. 아니다, 아니다, 아니다. 모든 것 이 벽이다. 모든 것이 꽃이다.

당신

'당신은 무얼 먹고 지내는지/ 궁금합니다'(박소란, 「심야 식당」). 나는 맛집도 잘 모르지만 맛집이다 뭐다 그런 곳을 찾아다닌 적도 없다. 먹방에 출연한 적 없고 먹방에 빠진 적도 없다. 아침에 찐 달걀과 사과 한 조각 먹고 점심, 저녁 잘 챙겨먹으면 족할 뿐이다. 그냥 잘 먹고 아무거나 잘 먹는다. 딱히 가리는 것도 없다. 그럼에도 불구하고 아주 가끔 P 형과 들르는 상계역 앞 잔치국수가 맛집이라면 또 맛집일 것이다. 그러나 그런 것보다 솔직히 당신이 무얼 먹고 지내는지 궁금한 것보다 나는 먼저 '당신'이 궁금하다. 당신이, 당신이, 당신이 궁금할 뿐이다. 그러나 그것보다 나는 이미 당신이 되었던 것 같다. 마을버스에서도 지하철에서도 나는 없고, 당신만 있는 것 같다. 나의 언어는 나의 언어가 아니라 당신의 언어인 것 같다. 나는 당신의 등 뒤에 서 있는 낯선 여자이고 또 낯선 남자인 것 같다. 나는 어쩌면 당신이 들고 있는 책속의 숨은 그림일 것이다. 나는 내가 아니라 당신이다. 행간에 숨겨놓은 이면일 것이다. 당신은 나의 상식인가. 나의 아버지의 언어인가. 나의 연인인가. 나의 통념인가. 당신은 나에게 당신의 삶을 반복하도록 요구하는 것인가. 끊임없는 구속인가. 유혹인가. 도덕인가. 당신은 나의 환영인가. 당신은 나의 이데올로기였던가.

그러나 나는 또 당신과 밥을 같이 먹거나 손을 잡은 적도 없다. 어쩌면 내가 생각하는 당신은 당신이 아닌지도 모르겠다. 내가 생각하는 당신은 신체적인 관계가 아니라 관념적인 관계였던 것 같다. 당신 생각하면 헛살았다는 생각이다. 나의 당신은 어디에 있는가. 손이라도 꽉 잡을 수 있는 당신은 어디 있는가. 나는 당신과 헤어지고 나서 당신이 누군가 하고 생각했다. 아님 아직도 나는 당신과 헤어지지 못했다는 것인가. **방금 신분당선을 같이 타고 왔던 당신은 누구인가.** 당신은, 당신은 도대체 누구인가? 나는 또 누구인가? 되묻는 중이다.

공백

공백은 무엇인가. 텅 빔은 공백인가. 어디를 둘러봐도 텅 빈, 빈집 같은 곳이 공백인가. 사막 같은 곳이 공백인가. 허공 같은 곳이 공백인가. 텅 빈 가슴이 공백인가. 허전한 마음이 공백인가. 실연당했을 때가 공백인가. 지금 막 자정을 넘어가는, 키보드 두드리는 이 소리만 들리는 이 공간이 이 시각이 공백인가. 배고플 때가 공백인가. 9월의 끝이 공백인가. 10월의 시작이 공백인가. 한밤중 중랑천 물소리가 공백인가. 세월교의 적막이 공백인가. 불 꺼진 카페가 공백인가. 혼자 있는 게 공백인가. 외로움이 공백인가. 너무 조용하여 이 이명 같은 게 공백인가. 무엇이 공백인가. (무엇이 시인가?) **참 어려운**

말이지만 언어조차 없는 세계가 공백인가. 아님 논리, 그 논리 이전의 세계가 공백인가. 공백은 무엇인가. 공백은 그냥 텅 빈 곳인가. 텅 빈 곳에는 무엇이 있다는 것인가. 망망대해가 공백인가. 우물 속이 공백인가. 우물 밑이 공백인가. 눈을 퍼다 우물을 메우는 그것이 공백인가. 눈이 공백인가, 우물이 공백인가. 아무것도 바라지 않는 것이 공백인가. 들녘의 흔들리는 풀 한 포기가 공백인가. 공백은 육체의 세계인가 정신의 세계인가. 관념 따위 발붙이지 못하는 곳인가. 혹시 공백은 시의 세계인가. 시의 세계는 공백의 세계인가. 시는 대상 없음의 세계라고 하면 되겠는가. 의미 없음의 세계라고 하면 되겠는가. 하 덧없음이 공백인가. 시도 없는 세계가 공백의 세계인가. 혼술 하고 혼밥 하는 날들이 공백의 세계인가. 부질없음이 공백인가. 없음의 세계가 공백인가. 어떤 부재가 공백인가. 뜬금없지만 허구가 공백인가. 한 번 더 지르면 허무가 공백인가. 여백이 공백인가. 여담이 공백인가. 고독이 공백인가. 고립이 공백인가. 그 어떤 억압도 미치지 못하는 곳이 공백인가. 무용한 것이 공백인가. 비우고 나면 한 번 더 비우고 나면 공백이 되는가. 무위가 공백인가. 그곳에 시가 있을 것만 같다. 가령, 공백의 언저리쯤….

번외

낡은 유니폼을 입고 있는 것 같다. 등 번호도 없는 유니폼을 입고 벤치에 앉아 있는 것 같다. 이미 경기는 끝났고 선수들도 관객들도 다 빠져나갔는데 아직도 그라운드를 떠나지 못한 유령처럼 생긴 선수 같다. 아님 그라운드 밖에서 계속 몸 풀고 있는 선수 같다. 아님 아예 그라운드에 말뚝 박은 선수 같다. 번호표도 없는 은행 창구 앞의 고객 같을 것이다. 좀 거창하게 말하면 "주류의 일부가 될 수 없으며, 결코 사제직에 오를 수 없는 진정한 언더그라운드와 같은 그런 존재일 것이다"(블라디미르 마카닌). 좀 유치하지만 계간지 청탁 다 끊긴 작가일 것이다. 알아주는 자도 없고 아는 자도 없는, 이미 문학 판이 완전히 바뀐 작금의 문단에 이름 석 자마저 잊힌 자 같을 것이다. 그래도 신작 시집을 꼬박꼬박 인쇄하여 '중고 신입'처럼 버티고 있는 작자와 같을 것이다. 몇 해 전부터 작가회의 시 분과 연간 시집에 한 해도 거르지 않고 출전하는, 거기서만 볼 수 있는 것도 번외자의 노릇이다. 오해하지 말고, 번외자가 잠시 혼외자 같다는 생각도 들었다. 번외는 그런 것이다. 어떻게 보면 번외는 이미 가게 접었다는 것이다. 그것도 아니다. 몰래 데이트 같은 것이다. 겨우 풀 한 포기 같은 자존심만 남은 것이다. 그런 게 또 번외다. 그러나 번외에 있다 보면 이 자리가 시인의 자리인 것 같다. 백면서생 같은 자가 하늘같이 높은 원내에 진출한다는 것은 어불성설이겠지만 원외에서 이를 테면 헌법이 보장한 독립기관처럼 살고 있는 게 시인의 삶 아닌가 생각한다. 물론 이것은 착각일 것이다. 헛소리일 것이다. 번외는 그런 것이다. 진영도 없고 진영 논리도 없다. 관련 상임위도 없고 소위 계파 같은 것도 없다. 눈치 볼 것도 없다. 무파다. 특정 지역구도 없고 딱히 지역 색도 없다. 생각에 잠기는 척 해도 때론 무념무상이다. 번외자는 꿈꾸는 척 해도 막상 꿈속에 들어가 보면 대체로 일장춘몽이다. 헛꿈 꾸기 좋은 곳이 또 번외다. 텐트 밖과 같은 곳이다.

실패

실패는 이루어질 수 없는 사랑과 같은 것이다. 실패는 패배와 달리 자발적인 선택이다. 적절한 비유가 아니겠지만 진보라는 것도 한 발짝 앞으로 나가기 위해 실패하자는 것이다. 진보는 성공하자고 나선 것이 아니다. 진보야말로 실패를 향해 끝없이 앞으로 나아가야 한다. 그것은 패배가 아니라 실패라고 불러야 한다. 실패를 감내하는 것이 진보의 일이다. 자꾸 말이 옆으로 새는 것 같은데 한 마디만 더 해야겠다. 진보의 적은 안락이나 안주일 것이다. 달콤하고 안정된 기득권은 진보의 가치가 아니다. 진보는 단지 기득권의 자리를 교체하기 위한 것도 아닐 것이다. 진보의 보폭은 생각보다 훨씬 광폭 행보다. 그리하여 진보주의자는 고독한 자일 것이다. 가지 않은 길을 가야 하기 때문이다. 또 말이 안 되겠지만 진보는 때때로 길을 발견하는 자가 아니라 길을 발명하는 자일 것이다. 남의 가게 앞에서 콩이니 팥이니 하지 말고 자기 가게 일이나 열중하자. 또 엉뚱한 말이겠지만 가능한 것보다 불가능한 것에 대해 생각하다 보면 실패에 이르게 될 것이다. 실패를 하게 되면 또 생각이 깊어진다. 생각이 깊다면 그것은 틀림없이 고뇌에 다다를 것이다. 실패의 끝은 패배가 아니라 고뇌일 것이다. 고뇌는 패배보다 실패한 자의 몫에 가까울 것이다. 그럴 때마다 시는 또 시의 몫을 외면하지 않을 것이다. 실패는 우울함과 전략적 동반자 관계일 것이다. 우울은 또 시하고도 전략적 동반자 관계일 것이다. **실패는 허무주의자의 이웃사촌일 것이다.** 실패의 끝은 어쩌면 비현실적일 것이다. 그만큼 실패는 약삭빠르거나 현실적이지 않다는 것. 패배보다 실패하는 자는 그런 일을 밥 먹듯이 반복하는 자일 것이다. 이 세계의 문법에 도전하는 자. 어떤 현실적인 권력과 대립하는 것. 어떤 틀에서 벗어나려고 한다는 것. 타락의 길을 가겠다는 것. 타협하지 않겠다는 것. 또 패배하겠다는 것, 내 길을 가겠다는 것. 무소의 뿔을 이마에 매달고 저쪽 길 혹은 다른 길을 가겠다는 것.

오늘 하루

아침에 일어나면 하루가 시작되는가. 아직 덜 깬 꿈의 끝자락은 오늘 하루의 시작이 아니라 어제 하루의 끝물 아닌가. 어제 하루의 뒷물인가. 오늘 하루는 또 무엇을 할 것인가. 안방구석에 처박혀 노트북 키보드만 쳐다보는 게 오늘 하루의 일과인가. 물 한 모금 마시고 오늘 하루는 그렇게 시작하는가. 나의 키보드여 안녕! 꿈속에서도 두드리던 나의 키보드여! 오늘은 모처럼 헐렁한 하루가 되자. 오늘 하루라도 틀을 깨자. 그 틀이야말로 오늘 하루를 억압하는 못된 녀석일 것이다. 침대 위의 이불을 개어놓듯이 나를 억압하는 이불을 잘 개어놓고 빠져나오자. 억압의 굴레를 벗어나자. 집을 빠져

나와 산책하듯이 그 굴레를 벗어나자. 걱정하는 버릇도 일종의 억압일 것이다. 칭찬도 알고 보면 억압이다. 비난도 억압이다. 막연한 불안도 억압이다. 조금이라도 과한 사랑은 억압이다. 과유불급도 좋은 말씀도 다 억압이다. 매사 긍정적인 것도 억압이다. 부정보다 긍정이 때때로 하루를 지치게 하고 시들게 한다. 오늘 하루, 자유를 만끽할 순 없어도 나 자신에게도 타인에게도 이래라 저래라 하지 말자. 그냥 좀 내버려 두자. 될 대로 되게 내버려 두자. 물이든 산이든 세상이든 내버려 두자. 그렇게 스스로 흘러가게 던져놓자. 무위이화無爲而化. **아주 어려운 바람이지만 시도 제목만 써놓고 툭 던져놓자.** 그것보다 그냥 '무제'라고 하자. 아니다, 1, 2, 3 … 그렇게 번호만 붙여놓고 읽어 보자. 무엇보다 시를 억압하지 말자. 시인도 억압하지 말자. 오늘 하루만이라도 그들을 억압하지 말자. 이렇게 또 시를 생각하는 것만 해도 억압이다. 시의 자유와 해방은 언제 할 수 있는 것인가. 아 탈고하는 순간일까. 탈고의 순간이 지나면 또 억압의 순간이 다가오는 것 아닌가. 시의 자유와 해방은 도저히 오지 않을 것이다. 이젠 시도 밤 길처럼 조심하자. 모든 억압은 줄곧 강박의 굴레가 되는 것이기 때문이다.

11월

11월은 크리스마스도 없는데 11월이 기다려진다. 그냥 11월이 갑자기 보고 싶다. 2월 달도 좋지만 오늘은 11월이 댕긴다. 북아메리카 인디언들은 자고로 11월을 '산책하기에 알맞은 달'(체로키족)이라고 했고, '강물이 어는 달'(하다차 족), '작은 곰의 달'(위네바고족), '기러기 날아가는 달'(키오와족), 심지어 아주 시적으로 '모두 다 사라진 것은 아닌 달'(아라파호족)이라고 일컬었다. 자연과 함께 살던 그들의 사유와 감수성이 돋보일 뿐이다. 작은 감수성이 하나씩 모여서 하나의 정서가 되는 것이다. 물론 지금은 그런 시대가 아니다. 시대가 변했다는 것은 그런 것이다. 시대가 변하면 감수성도 정서도 하나씩 하나씩 변하게 마련이다. 지금은 스마트폰의 시대다. 11월의 아름다운 이름은 어디서도 찾아보기 힘들다. 11월도 스마트폰 속에 들어 있다. 이제는 인디언 같은 그런 명명의 시대가 아니다. 지금은 11월도 없고 계절도 없다. 11월도 전설이 되었고 설화가 되었다. 시가 전설이 되었고 설화가 되었듯이 말이다. 그냥 고사가 된 것 같다. 시대가 변하면 그 시대의 사소한 정서도 사라지는 것이다. **유행하던 패딩도 이렇게 저렇게 슬그머니 바뀌듯이 말이다.** 낡았다거나 못 쓰게 된 것도 아닌데 어딘가 자꾸만 어색하다. 서러워 할 것도 그리워 할 것도 아니다. 엊그제 시작한 일이지만 11월이면 이 산문집도 탈고할 것 같다. 휴대폰 캘린더 일정표를 보면 큰댁 문환 형님 기일만 빼곤 아무것도 없다. 알바 하는 것도 아니지만 다른 달에 비해 이렇게 깨끗한 달도 드물 것이다. 11월은 또 한 꼭지당 200자 원고지 4~5장 분량인 이 산문집을 마무리하기에 알맞은 달인 것 같다. 고마운 일이다. 약속이나 일정이 없기를 바람. 다만, 서울 창포원이나 무수천 산책은 건너뛰지 않기를 바람. 11월 중순 지나면 이 산문집으로 인한 약간의 뿌듯함이 있기를. 두서없이 진행되는 작업이지만 불쑥불쑥 끼어드는 별다른 일정 없기를~.

불면

당신의 불면은 어떤 것인가. 그냥 생리적인 문제인가. 노화
인가. 아님 빚 때문인가. 주담대 금리 때문인가. 카드 돌려막
기 때문인가. 국내 주식 때문인가. 월세 때문인가. 성적 때문
인가. 취업문제 때문인가. 직장에서의 의사소통 문제인가. 의
정 갈등 때문인가. 커피 때문인가. 과음한 탓인가. 다이어트
때문인가. 정국 구상 때문인가. 쌍 특검 때문인가. 국회법 때
문인가. 중동 때문인가. 우크라이나 때문인가. 대북관계 때문
인가. 오물 풍선 때문인가. 과식 때문인가. 산책길 노선 때문
인가. 외로움 탓인가. 국정 현안 때문인가. 양극화 때문인가.
불평등 때문인가. 집 나간 고양이 때문인가. (고양이가 집을

나갔다면 고양이가 집을 나가고 싶어 했다는 것이다. 지인의 말이다.) 가까운 이가 잠을 이루지 못하면 전문의와 상의해야 한다. 잠은 밥보다 더 중요할 때가 많다. 한국인의 하루 평균 수면시간이 7시간 51분으로 OECD는 그렇고 유엔 회원국 중에서도 하위권에 속할 것이다. 또 불면증의 원인이 한국 사회의 정치적 문제와 관련이 없는지 한번 돌아보아야 한다. 정치도 이젠 지역과 진영만 남은 것 같다. 그와 덧붙여 수능이라는 타성에 의해 끝없이 반복되고 있는 한국 교육이 또 문제가 아닌지 돌아보아야 하지 않겠는가. 내 경우엔 오후 커피가 직접적인 원인일 때가 많다. 불면증의 원인이 혹시 5년 단임 대통령제 때문은 아닌가. 일전의 어느 인터뷰에서 언급한 적이 있지만, **향후 몇 십 년이 걸리더라도 우리도 '의원내각제' 공론화할 때가 되지 않았는가.** 또 현행 국회의원 선거제도의 문제는 아닌가. 소선거구제에서 중대선거제로 전환해야 하는 것 아닌가. 아닌가. 그것도 아니면 국회의원 전체 의석 중에서 20~30% 청년 할당제를 도입하면 어떻겠는가. 그것도 아니면 그냥 각자 불면의 밤을 보내야 하는가. 불면, 불면, 불면 … 시인은 시를 쓰고 무당은 굿을 하고, 우리는 굿이나 보고 떡이나 먹어야 하나.

안목

안목도 일종의 통찰이다. 안목은 비단 예술의 세계뿐만 아니라 인생사 전반에 미치는 역량이다. 안목이야말로 세상을 보는 힘이다. 그래서 문학적 역량뿐만 아니라 한 개인의 역량도 안목에 의해 좌우될 때가 많다. 더구나 작가는 보는 눈이 중요하다. 눈이야말로 역량이다. 또 안목은 시를 쓸 때보다 시를 읽을 때 생성된다. 시를 쓸 생각이면 우선 시를 읽을 줄 알아야 하고 시를 보/읽는 안목을 길러야 한다. 시를 쓰는 것만으로는 안목이 생기지 않는다. 경영을 할 때도 정치를 할 때도 안목이 중요하다. 안목이 그 일의 승패를 가를 때가 많기 때문이다. 인공지능 시대라 해도 어떤 일에 대한 **안**

목과 함께 논리적 이성적 합리적 사고 역량이 필요한 시대다. 그 비판적 안목도 여전히 필요한 것이다. 그리고 안목은 타고나는 것이지만 안목도 갈고 닦으면서 천천히 길러지는 것이다. 안목은 또 다름 아닌 열정의 결과물이다. 하루라도 쉬면 금방 식어버린다. 열정이든 안목이든 한번 식으면 좀처럼 뜨거워지지 않는다. 또 안목도 생겨났다, 좀 성숙하고 나면 노화를 겪게 된다. 마치 뭇 생명체 같기도 하다. 아무튼 안목에 의해 좌우될 때가 많다. 관용어 같은 말이 되었지만 '독자도 좋은 시를 만나야 하지만, 시도 좋은 독자를 만나야 한다'. 그때도 가슴높이나 눈높이가 아니라 안목의 문제다. 시와 독자도 이렇게 안목에 의해 만나기도 하고 어긋나기도 한다. (그러나 뜬금없지만 좋은 시도 없고 좋은 독자도 없다.) 왜냐하면 그냥 시가 있고 독자가 있을 뿐이다. 좋은 것 나쁜 것도 어느 누군가의 잣대이기 때문이다. 그 또한 심한 편견이기 때문이다. 그렇다면 안목도 즐거운 편견이 될 것이다. 다시, 시를 보면 시인의 안목이 보인다. 안목은 긴 그림자처럼 고뇌가 서려 있다. 고뇌가 없는 안목은 고무줄 없는 속옷과 같을 것이다. 안목의 길동무는 무엇보다 또 애정일 것이다. 안목의 끝에는 뭐가 있을까. 기성품 같은 어떤 틀에 사로잡히지 않는 발상 같은 것 아닐까.

노벨문학상

올해 노벨문학상은 소설가 한강의 몫이었다. 방금 중랑천 산책 하고 오늘의 산문 한 군데 수정하고 나서, 저녁 여덟 시 막 지나 휴대폰 봤는데 두 눈이 번쩍 띄었다. 한강 작가의 노벨문학상 수상 뉴스였다. 다른 분야보다 해마다 노벨문학상 관련 뉴스는 챙겨보는 편인데 이렇게 가깝게 소식을 접하게 되니 놀라웠다. 손에 따뜻한 공기를 움켜쥔 것 같았다. 나는 곧장 내가 수상자인 것처럼, 소파에 앉아 있던 집사람한테 달려가 옆에 바짝 붙어서 휴대폰 뉴스를 보여주었다. 나는 다시 관련 뉴스를 여기저기 다니면서 검색하였다. 여담이지만 집사람은 지난여름에 이미 올해 노벨문학상 수상자 작품인 『작별하지 않는다』를 읽었다. 그리고 내게 권했다. 그 책은 여름 내내 내 곁에 있었다. 하지만 나는 내 코가 석 자였다. 왜냐하면 내 신작 시집 탈고하느라 손이 가지 않았다. 눈길만 두어 번 지나쳤을 뿐이다. **아무튼 그녀의 수상으로 한국 문학도 어떤 영감과 용기를 얻을 것이다.** 또 한강의 노벨문학상은 한국 문학과 함께 또 케이팝과 케이드라마 등 케이컬처와 함께 수상했다고 해도 과언이 아닐 것이다. 개인적으론 그 부분이 즐겁고 유의미하다고 생각한다. 그리고 다른 부문은 몰라도 문학 부문은 또 그만큼 오랜 세월이 흘러야 할 것 같다.

업계에선 다 아는 말이지만 문학의 처소는 환하고 햇볕이 따스한 정원보다 어둡고 갑갑한 저 구석진 골방에 있을 것이다. 그보다 훨씬 더 어둡고 깊은 곳에 있을 것이다. 암튼 오늘 하루만이라도 어깨를 쭈욱 펴고 한국 문학을 위해 조용히 자축하자. 그리고 이 가을도 자축하자. 이 글 끝에 이런 말도 덧붙이고 싶다. 그녀는 1993년 시인으로, 그 이듬해 소설가로 등단하였다.

무수천 산책로

산책길 끝에는 물오리나무 두어 그루가 자작자작 걷다가 걸음을 멈춘 듯, 미리 약속이나 한 듯 한곳에 모여 있다. 유화 속의 풍경 같다. 구름이라도 몇 장 들여놓겠다는 듯 대문을 활짝 열어놓은 어느 집에는 혼자 사는 노인의 등허리가 보였다. 그가 천천히 돌아섰다. 그가 먼저 보았는지 내가 먼저 보았는지, 잠시 눈이 마주쳤다. 풍파를 다 겪고 난 다음의 눈이었다. 무수천변을 걷는다. 이 길 맨 끝에는 모 여대 생활관도 있다. 난향원… 이름이 예쁘다. 그곳을 조금 돌아서 올라가면 조그만 절이 있다. 자현암… 절집도 그렇지만 이름도 거창하지 않아 좋다. 지난 해 겨울 큰 멧돼지 두 마리와 새끼 열 마리가 사오 미터 앞에서 지나가는 것을 보았다. 또 이 산책로에는 커피집도 있고 좀 더 걸으면 편의점도 있고 주말농장도 있다. 집을 나서면 편도만 약 한 시간 정도 걸린다. 한 달에 두어 번 다니는 길이다. 물소리도 좋고 삼각산 저녁노을도 좋고 도봉산 환한 이마도 좋다. 아 잠깐, 오늘은 베토벤의 날인가. 에프엠 라디오에선 베토벤이 폭죽처럼 터진다. 교향곡 5번 운명 1악장 빈 필, 교향곡 5번 운명 3악장, 4악장 서울시립교향악단….

다시 산책로엔 자전거 타는 중년 여자도 있고 천천히 걷는 노부부도 있다. 새끼 손톱만한 벚꽃이 흩날릴 때도 있지만 미소만 남은 채 하늘거리는 금계국이 줄지어 서 있을 때도 있다. 이곳에선 다 나의 길동무들이다. 고맙다. 물론 갑자기 만난 폭우를 피하지 못해 난감할 때도 있다. 이 산책로에서 저쪽 도봉 옛길 능선을 넘어 가면 김수영 시비가 있다. 그곳에 그의 「풀」이 있다. 그 길도 한때 나의 산책로였다. 이 길 끝에서 삼십여 분 더 올라가면 원통사가 있다. 원통사 뒷길로 힘겹게 더 오르면 우이암이 나온다. 그 뒷길이 유독 눈에 선하다. 여기서 혼자 걷듯이 시 한 줄을 읊조린다. '바람도 저 머물던 곳/ 기억할 수 있는지'(졸시, 「원통사 뒷길」)

망대골목 같은

몇 해 전 어느 시인이 작고한 날 즈음, 춘천엘 다녀왔다. 물론 그의 추도식이나 기일에 맞춘 것은 아니다. 숙소에서 혼자 우두커니 서 있는 새벽 세 시의 가로등을 보니까 병실 복도 끝에 켜놓은 전등 같다고 생각했다. 그리고 그의 시 「늦은 밤」이 생각났다. 효자동에서의 1박은 그렇게 되었다. 천변을 걸으며 캐나다의 어느 화가도 생각났다. 그의 생애를 복원한 영화 〈내 사랑〉도 생각났다. 그녀의 원룸과 고층 아파트를 동시에 생각했다. 어디선가 전철을 타고 온 일단의 배낭 노인들이 다리 밑에 모여 있었다. 혼자 온 노인도 보였다. 외로움도 재채기처럼 참을 수 없는 것 같다. 노인 셋이서 말없이 앉아 있는데 가까운 곳보다 조금 더 먼 곳을 바라보는 것 같다. 때마침 성근 눈발이 박수근의 그림 속에서처럼 흩날렸다. 누군가 한 줌씩 휙! 휙! 뿌리는 것만 같다. 이 길을 조금만 더 펼쳐놓으면 김유정역에 닿을 것 같다고 생각했다. 그리고 저 성근 눈발이 밤이 되면 어느 집 창문을 스칠 것 같다고 생각했다. 그런 생각도 하룻밤의 꿈같았다. 이 세상에 하룻밤의 꿈 아닌 것이 어디 또 있겠는가. 겨울 강도 저 겨울 강의 왜가리도 하룻밤 자고 나면 하룻밤의 꿈이 되고 말 것이다. 나의 시도 나의 사랑도 나의 여정도 나의 꿈도 나의 노래도….

매우 사적인 일이지만 두툼한 시집이 곧 나올 것 같다. 한 일 년여 그 시집과 붙어서 산 것 같다. 밥 먹을 때도 옆에 앉아서 같이 먹었다. 독수공방 할 때도 있었겠지만 잠 잘 때도 대체로 그와의 혼숙이었을 것이다. 다시 동행한 이와 남춘천역 가까운 곳에서 시래기 명태 찜을 먹고 전철을 탔다. 좀 전에 숙소에서 전철역까지 오는 도중에 어느 골목을 찾아보려는 듯, 여기저기 골목을 기웃거렸다. 그러나 이 골목 저 골목이 다 망대골목 같았다. (이 글은 올해 초 춘천에 다녀온 기억을 바탕으로 급하게 쓴 것이다.)

전업 작가

한 발만 더 내디디면 전업 작가가 될 뻔했다. 하루도 빠지지 않고 다니던 직장을 관두고 전업 작가의 길로 들어설 뻔했지만 돌아섰다. 그 길을 쭈욱 갔으면 많은 시를 썼을까 돌아보곤 한다. 부질없지만 좋은 시를 썼을까 되묻곤 한다. 그때는 잘 몰랐지만 많은 시인들이 낮에는 직장을 다니고 밤에 시를 쓰는 투 트랙이었다. 그때 나는 시인은 낮에도 시를 쓰고 밤에도 시를 써야만 할 것 같았다. 그러나 돌아보면 그때 나는 낮에도 시를 못 쓰고 밤에도 시를 못 썼다. 그러다 전업을 하면 낮에도 시를 쓰고 밤에도 시를 쓸 것만 같았다. 그때 만약 전업을 했다 해도 낮에도 시를 못 쓰고 밤에도 시를 못 쓰는 공중에 붕 뜬 자가 되었을 것이다. 오히려 시와 뚝 떨어져 살던 직장이 있었기 때문에 늦은 밤에 어떻게든 한 편의 시를 썼을 것이다. 또 휴일만 되면 또 좀 더 긴 휴일이 지속되면 나는 조급한 마음에 시에 더 매달릴 수밖에 없었다. 그때 아마도 사막을 건너는 법을 조금 배운 것 같다. 시도 삶도 사막 같다는 걸 나중에 알았지만, 그보다 눈앞에 있는 게 사막이라는 것도 몰랐다. 때때로 시커먼 터널도 있었다. 이상하지만 터널은 터널을 나와도 또 터널이었다. 터널은 그런 것이었다. 암튼 나는 전업을 하지 못하고 밥 먹듯이 터널을 들어갔다 나왔다 하는 꼴이었다. 전업도 결국 터널을 드나드는 일일 텐데 말이다. 그땐 몰랐다. 지금도 뭐가 뭔지 잘 모르겠다. 적절한 비유는 아니겠지만 그땐 시와 내가 주말부부 같다는 말을 자주 했다. 사막도 헤매고 터널도 뚫고 다니다 보니 이제 나도 전업 근처에 사는 것 같다. 물론 낮에도 시를 쓰고 밤에도 시를 쓴다고 전업 작가는 아니다. 전업 작가는 생각만큼 쉽지 않다. 왜냐면 글을 써서 쌀도 사고 원룸이라도 얻어야 하기 때문이다. 그렇다면 나는 아직도 멀었다. 한쪽 발이라도 들여놓지 못한 것 같다. 그냥 밤이나 낮이나 마음만 콩밭에 있을 것 같다. 근데 밤이든 낮이든 이 마음은 끝이 없는 것 같다.

미니 샌드 케이크

아파트 정문 가까운 곳에 노브랜드가 있다. 우유도 사고 못난이 사과도 살 때가 있지만 최근엔 미니 샌드 케이크에 꽂혔다. 동이 나면 할 수 없지만 눈에 띄면 들고 나온다. 가성비도 좋고 간식으론 그만이다. 미니 케이크가 동이 나서 텅 빈 진열대를 보면 좀 더 일찍 와야겠다고 생각한다. 특히 이 산문집 기간 중에는 옆에 둘 것 같다. 술도 멀리 하고 약속도 멀리 하고 가까운 곳은 몰라도 1박 2일 여행도 가급적 피하고 산다. 미안하다. 이상하게 들리겠지만 잠깐잠깐 이 산문집에서 빠져 나와도 또 이 산문집으로 되돌아가 앉아 있다. 고맙다. 작년 9월에 앞쪽의 두 꼭지 쓰고 나서, 거의 일 년여 만에 재개했는데도 곧장 이어서 달릴 수 있었다. (말 달리자!) 이 산문집 버전에 내 손이 잘 따라주는 것만 같다. 되게 예민하고 민감한 부분이 많을 텐데 말이다. 당분간 아무것도 하지 말고 이곳에 쭈욱 머물 것 같다. 글은 엉덩이가 쓴다는 어느 선배 작가의 말이 문득 떠오를 때가 있다. 맞는 말이다. 특히 산문은 손이 아니라 무거운 엉덩이가 쓴다. 오오 사랑스러운 엉덩이여!

그러나 또 글을 쓰다 보면 손으로 사고한다는 말도 생각난다. 키보드 위에서 순간순간 느낄 때가 많다. 이런 것은 구라를 칠 수가 없다. 왜냐하면 몸에서 나오는 말이기 때문이다. 그런데, 미니 샌드 케이크는 어디 가고 또 키보드 위에서 썰을 풀고 있는가. 냉장고에 살짝 두었다 꺼내 먹으면 어떨까 하고 생각 중이다. 오전엔 그렇고 점심 먹고 나서 차가운 케이크를 입안에 쏘옥 넣어주면 잠시 여유가 생기곤 한다. 군것질을 왜 하는지 뒤늦게나마 알게 되었다. 군것질도 일종의 혼수, 즉 혼자 수다 떠는 것과 같다. 간만에 옆에서 시도 웃는 것 같다. 마주보고 같이 웃었다.

2부

나지막한 나의 고백

　나는 자유보다 평등을 먼저 알았다. **교과서에서 배운 시인들보다 왜 멀리 있는 김지하 시인을 알고 있었을까.** 현실도피보다 현실참여를 먼저 배웠고 문지보다 창비를 먼저 알았다. 우울한 개인이었지만 암울한 시대적 현실에 눈을 떴고 아름다움보다 윤리나 도덕을 앞에 세웠다. 또 시의 언어나 이미지보다 민중의 삶이나 사상을 중시하였고 김춘수보다 김수영에 더 많이 빠졌을 것이다. 역사를 믿었고 관념(이데올로기)에 사로잡힐 때가 많았다. 열여덟 살에 김정호를 알았지만 김민기를 더 많이 불렀을 것이다.

침묵은 침묵을 반복할 뿐이다

희망이 사라진 곳에는 무엇이 남았을까. 텅 빈 광장만 남았을까. 절망이 사라진 곳에는 무엇이 남았을까. 송나라 시인 소동파처럼 말하면 눈 위에 잠시 쉬었다 간 기러기 발자국만 남았을까. (應似飛鴻踏雪泥) 아니면 검불이라도 다 타고 재만 남은 걸까. 아니면 그냥 침묵만 남은 걸까. 당신의 침묵은 무엇인가. **침묵은 침묵을 반복할 뿐이다.** 침묵만이 나의 명상일 뿐이다. 침묵만이 나를 지탱해 주곤 한다. 침묵은 언어도 아니고 논리도 아니다. 그들보다 훨씬 더 앞에 있는 것이다. 침묵은 한 곳에 머물지 않는다. 침묵은 한곳에 고정된 관념의 세계가 아니다. 침묵은 오히려 고정된 관념을 무너뜨리는 것이다. 그리하여 모든 침묵은 모든 벽을 무너뜨릴 수 있다. 침묵은 또 높고 깊은 것도 아니지만 높고 깊은 것을 뛰어넘을 수 있다. 침묵은 부당한 것을 거부할 수 있고, 침묵은 동의할 수 없는 것을 동의할 수 없게 한다. 침묵은 또 영웅을 만들지 않는다. 침묵은 때때로 아나키스트 같을 때도 있지만 침묵은 타협하지 않는다. 오쇼 라즈니쉬 어법을 빌리면 침묵은 명사가 아니라 동사가 되는 것이다. 침묵은 고여 있는 게 아니다. 흐르는 물과 같다. 침묵은 눈을 감고 있는 게 아니다. 눈을 감고 있으면 침묵이 아니라 외면일 것이다. 침묵은 대상을 외면하지 않는다. (그러나 더 큰 침묵은 때때로 비대상이다.) 침묵은 혼자 있을 때 꽃처럼 피어나지만 적극적인 의사표시일 때도 있다. 위정자들은 많은 시민들이 어떤 시국 현안에 대해 침묵한다 하여 입을 닫고 있는 줄 알았지만 그게 아니다. 그럴 때마다 침묵은 더 큰 함성에 가까울 것이다. 한국현대사만 보더라도 침묵은 더 많은 침묵과 연대하였다. 마침내 그 침묵이 살아서 여기까지 온 것이다. 그것을 굳이 역사라고 말하진 않겠다. 시도 침묵할 때가 많다. 시가 침묵 속에 싹트기 때문이다. 그러므로 시의 침묵은 결코 침묵이 아니다. 따라서 시인의 침묵도 결코 침묵이 아니다. 글을 쓰고 있는 한, 시인의 침묵은 침묵이 아니다.

시인 아닌 듯이 살아야…

이제 소위 문단에 출입할 일은 거의 없다. 그동안 11월 하순쯤 모 문학상 통합 시상식은 꼬박꼬박 참석했다. 등단 초부터 거의 빠지지 않았을 것이다. 수상자는 아니지만 문단 선후배 얼굴을 보면서 비록 접이식 의자였겠지만 나도 문단의 자리 하나쯤 차지하고 있는 것 같았다. 그러다 어느 해부터 내 자리쯤 될 것 같은 의자엔 낯선 이가 앉아 있었다. 판이 바뀌었다는 것을 알고 난 다음, 그런 장소를 피하게 되었고 차츰 불참하는 일도 잦아졌다. 다만, 작가회의 사무처에서 넣어주는 선배 시인이 별세했다는 문자가 뜨면 부리나케 움직이지만 그 밖의 문자는 읽고 바로 넘어간다. 나도 이젠 노트북 앞에서만 시인이다. 이제 어디서든 시인이 앉아 있을 자리는 없어졌고, 여기 시인의 자리를 마련해 두었소! 하고 안내하는 이도 없다. 더구나 나이 든 시인은 이제 투명인간이 되었다. 오면 왔는가 하고, 가면 갔는가 한다. 문단에서 혹시 자리를 마련해두었다 해도 왔다 갔다 할 군번도 아니다. 여기저기서 문단 행사 있다 하면 택시 타고 날아다니던 팔십 년대, 구십 년대가 아니다. 시인도 뭇 노인들처럼 각자 자기 시대가 갔다는 걸 알아야 한다. 다만, 시인도 독거노인처럼 자기 삶을 홀로 총괄해야 할 것이다. 그리고 홀로 고민하고 늦은 밤 배회하듯 방황할 것이다. 아현동 사무실에서 철야 농성 하던 시대도 아니고, 작가회의 1일 주막 하던 때도 아니고, 정기적인 시분과 합평회 때도 아니고 심지어 뚝섬 조기 축구회도 아니다. 지금은 자연스럽게 뒷방 처지가 되었다. 그런데 앉아보니 이 자리가 본래 시인의 자리였고 여기가 문단이었다. 간혹 문단에 나가더라도 이름을 내밀기가 어렵다. 시인이 너무 많아서도 아니고 문단이 운전면허시험장 같다고 그런 것도 아니다. 그냥 그곳에 가면 나부터 시인이 도대체 누굴까 하고 한 번 더 되돌아보게 된다. 또 시인이 어디에 있어야 하는가 하고 되묻곤 한다.

과정

좀 지나고 보면 모든 것이 과정이다. 과정 없이 불쑥 결과만 나올 순 없다. 소위 전조라는 게 있고 그 다음에 증상이 나타나는 것 아닌가. 일이라는 것도 결과가 아니라 과정이다. 다들 결과에 연연하지만 실은 과정에 연연하는 것 아닌가. 일에 순서가 있듯이 그 순서가 과정이 아니겠는가. 결과를 볼 것이 아니라 그 과정을 보라. 과정이라는 것도 좀 지나고 보면 그 순간순간 결과일 것이다. 결과도 과정일 것이다. 머리카락도 좀 자라야 자르는 것 아닌가. 맨머리를 무턱대고 자르진 않을 것이다. 문학개론 시간에 법학개론 펼쳐놓은 것 같지만 어떤 목적이 아무리 옳다 해도 절차적 정의를 이기지 못한다는 것 아닌가. 여기서 목적은 결과라 할 수 있고 절차는 과정이라고 할 수 있지 않겠는가. 특히 투명한 공적 논의 과정이야말로 결과일 것이다. 좀 다른 말이지만 누군가 손으로 달을 가리키면 손가락을 보지 말고 달을 보라는 말이 있다. 선방의 말이었지만 속세로 내려와 중생의 말이 되었다. 서양의 어느 철학자는 달도 보지 말고 달을 보라고 하는 그 자를 똑똑히 보라고 했다. 그 철학자는 달을 보고 나면 어떤 결과가 일어나는지 보라는 것이다. 달은 무엇이고 그 자는 무엇일까? 그에 따르면 그것이 소위 한 사회와 한 시대를 지배하는 지식이고 거대한 권력이라는 것이다. 그것은 또 관습적 인식에 빠뜨리게 한다. 그리고 그것은 누굴 위한 것이 아니라 지식과 권력을 위한 것 아니겠는가. 이제부터 아주 작은 것이라도 달도 보지 말고 손가락도 보지 말자. 저 달을 가리키는 그 위험한 자도 보지 말자. 이렇게 말하는 것도 또 하나의 과정일 것이다. 그것 또한 결과일 것이다. **우리/내가 불완전한 것이 아니라 이 세계가 불완전한 것 아닌가. 달이 보고 싶으면 우리/내가 달을 보자, 누가 무엇을 주눅 들게 하는지 보라. 결과보다 균형과 견제가 작동하는지 그 과정을 중시하라. 결과에 살지 말고 과정에 살자. 과정과 결과도 흐르는 강물처럼 흘러가는 것 아니겠는가.**

자유시

현대시는 자유시다. 너무 뻔한 말이지만 포털 사이트 지식 백과에 들어가 사전적 의미를 보면, 자유시는 영어로 'free verse', 프랑스어로 'verse libre'라고 한다. 전통적인 형식에서 벗어나 독자적인 형식을 갖는 것이다. 물론 전통적인 그 운율이라는 것도 없다. 시인의 내면의 불규칙적인 내재율을 운율로 삼는 것이기 때문이다. 시의 언어나 이미지와 패턴의 변화를 반복하면 그것이 곧 리듬이 된다. 자 그렇다면 자유시는, 즉 시는 말 그대로 자유로울 뿐만 아니라 무엇보다 자유 그 자체라고 할 수 있다. 그야말로 어떤 구속도 아닌 자유이며 해방일 것이다. 자유는 어떤 대상이 없는 것도 된다. 어떤 도덕도 없는 것이 된다. 어떤 목적이 없는 것도 된다. 어떤 이데올로기가 없는 것도 된다. 그들은 또 보헤미안에 가까울 것이다. 그들은 차라리 허무에 가까울 것이다. 자유는 그런 것이다. 바람 부는 대로 인연 따라 사는 것이리라. 자유는 또 유희다. 이 자유는 우선 혼자 있음일 것이다. 혼자 없음일 것이다. 자유는 인습이나 관습적 인식에 의지하지 않는다. 밍밍한 맹물 같은 것이다. 농담처럼 싱거울 뿐이다. 어쩌면 헛소리에 가까울 것이다. 무겁거나 어둡지도 않을 것이다. 웃음이나 유머와 가까울 것이다. **자유는 복잡하지도 않다.** (가슴 한쪽이 조용하게 나지막하게 복잡할 뿐이다.) 자유는 허공에 가까울 것이다. 자유는 없음의 세계다. 어떤 집착도 아니다. 때때로 아무것도 아닌 것이 된다. 소용없음의 세계다. 무용이다. 마음 없음의 세계다. 자유는 낙관의 세계가 아니다. 긍정의 세계도 아니다. 자유는 오히려 부정과 불편함의 세계다. 자유는 은유의 향연이 아니다. 자유는 시와 생활을 구별하지 않는다. 그럴 때마다 그곳에 자유가 있다. 자유는 저항과 거부를 반복할 때가 있다. 자기 것을 파괴하고 자기 것을 무너뜨릴 때가 있기 때문이다.

싸울 줄도 모르면서

싸울 줄도 모르면서 또 제대로 싸워본 적도 없다. 겁이 많다. 어쩌면 비겁하다. 고작 싸웠다는 게 집에서 집사람과 부부 싸움 정도 했을 뿐이다. 미안하다. 싸운 것도 아니고 그저 말다툼 정도였겠지만 그대는 싸우기도 전에 나의 패배를 먼저 알고 있었을 것이다. 집밖에서의 전적을 일별하면 네댓 번인가 싶다. 그것도 5전 5패, 전패였을 것이다. 그것도 싸웠다기보다 싸움을 피했을 것이다. 작년 이맘때쯤엔 노상에서 주차 문제로 다투었다. 거친 말이 막 나오자마자 나는 자리를 피했다. 그 자리를 피하고 나서 바다로 가는 먼 길을 걸었다. 강릉 남대천 길을 하염없이 걸었다. 오죽하면 내 친구의 친구인 어느 소도시의 조폭 보스가 생각났겠는가. 조직이 필요하다는 것도 그때 알았다. 주먹이 필요하다는 것도 알았다. 말보다 주먹이 먼저 나간다는 것도 알았다. 싸울 땐 검은 색 선글라스가 요긴하다는 것도 알았다. 말이나 논리보다 단순함과 무식함이 필요하다는 것도 알았다. 서부 영화를 좀 더 많이 보지 않은 것도 후회하였다. 중학교 2학년 때 복싱이 더 배우지 않은 것도 크게 후회하였다. 모 지방 검찰청 형사부 검사는 몰라도 강력계 형사라도 할 걸 잠시 생각했다. 그리고 링 밖의 패배자처럼 긴 그림자를 끌고 뒷골목을 걸었다. 그리고 생각한 것이, 시 다섯 편 정도 쓰고 나면 좀 풀릴 것 같다고 생각했다. 나의 출구전략은 언제 어디서나 시밖에 없는 것 같다. 시 밖에 더 할 수 있는 게 없기 때문이다. 시여, 용서하라. 그리고 제대로 싸운 것도 아니지만 직장에서 몇몇 처사에 대해 공개적으로 항의한 적도 있었다. 그보다 더 오래 전 일이지만 뜻이 맞는 동료들과 1차 회동 후 또 일부는 하월곡동 모 여관에 들어가 직장 내 문제점과 개선점을 정리하여 나의 마라톤 타자기로 급하게 타이핑하였다. 그 유인물은 다음날 아침 일찍 배포되었다.

돌풍이 불어도

돌풍이 불어도 글을 써야 한다. 아침을 건너뛰더라도 점심 전에 한 꼭지 써야 한다. 대체로 점심 전에 한 꼭지 쓴다. 고맙다. 귀도 즐겁고 눈도 즐거워진다. 귀는 주로 클래식 에프엠 라디오 구십삼 점 일이고, 눈은 안방 바닥 앉은뱅이책상 높이쯤 쌓아놓은 책들일 것이다. 그러나 어제 오전처럼 눈이 즐겁지 않을 때도 있다. **면벽하듯 벽을 향해 돌아앉은 책 더미에서 찾아야 할 책을 끝내 찾지 못했기 때문이다.** 책을 다 뒤집어놓고 엎어놓아도 그 책을 찾을 수 없었다. 다시 처음부터 책을 한 권씩 뽑아들면서 얼굴과 사진을 대조하듯이 찾았지만 헛수고였다. 이번엔 거실 책장을 뒤졌다. 돋보기를 들고 들여다보듯 꼼꼼하게 훑어보았지만 없다. 저기쯤 있다고 늘 생각했는데 없다. 책을 꺼내고 책 뒤에 꽂아놓은 책들도 속주머니 뒤지듯 뒤져보아도 없다. 처음부터 다시 찾았지만 없다. 겉표지도 눈에 선한데 없다. 점심 먹고 한 번 더 찾아보았지만 없다. 혹시 여행용 배낭에 넣어둔 것 아닐까 하고 열어보았지만 없다. 도서관 서고도 아닌데 왜 이렇게 찾지 못할까. 갖다버렸을까. 아니다, 지난번에도 여기 있네! 하고 내가 찾아줬잖아! 맞다. 지난번에도 그 책을 찾느라 작은 소동이 있었다. 기억난다. 그렇다면 여기쯤 있어야 하는데 없다. 제 발로 집을 나간 건 아닐까. 그러나 지금은 둘 다 손을 들었다. 중고라도 사야겠어! 그 말이 채 떨어지기도 전에, 사는 꼴은 못 보지! 하고 그도 나도 다시 시작했지만 없다. 그 책을 찾다가 시간을 허비한 해프닝도 여기다 한 줄 써 놓게 되었다. 이 한 줄이라도 써놓아야 그 허탕 친 시간을 위무할 수 있을 것 같다. 그 가슴을 쓰윽 손바닥으로 쓸어내렸다. 괜찮다. 괜찮다. 그럼, 됐다. 최대한 빨리 노트북 앞에 앉아서 '오늘의 산문'을 써야 한다. 오늘의 일정이 어긋날 때가 있다. 그 어긋남과 약간의 균열이 오늘의 산문이 될 것이다. 오늘의 사유가 될 것이다.

삼전동

삼전동 이모님 댁에 기거할 때였다. 번지수나 도로명은 잊었지만 나는 그곳에서 등단 소식을 들었다. 까마득한 옛날 일이다. 소식을 들었다는 것은 내가 직접 확인한 것이 아니기 때문이다. 토요일 오전에 신인상 발표가 난다고 했는데 토요일 오후가 다 지나가는데도 연락이 없었다. 최종심에 나하고 대전 출신이랑 두 명이 올라갔다는 말은 들었는데 더이상 연락이 없었다. 나는 은신하듯 동네 목욕탕에 들어갔다. 목욕을 할 때가 아닌데 그냥 몸을 숨기고 싶었다. 지금 생각해도 목욕탕은 몸을 숨기기에 마땅한 장소가 아니다. 어쨌든 커다란 욕조 턱에 걸터앉아 멍 때리고 있었을 것이다.

그때 사촌 동생이 욕탕 문을 열고 나를 불렀다. 형! 빨리 나와요! 창비 됐대! 소식을 기다리던 P 형이 창비에 직접 문의한 것이었다. 그리고 P 형은 곧바로 내 연락처로 전화를 한 것이다. 손전화가 없던 시절이다. 카드도 없고 에티엠도 없던 시절이다. 병력 동원령이 내려진 장소는 세검정 모 출판사 앞 식당 겸 주점이었다. 긴급 동원령에 움직일 병력이라고 해봐야 P 형과 나뿐이었다. 그러나 1개 여단급 예하 부대를 지휘할 수 있는 지휘관이라도 된 듯 즉각 택시를 타고 세검정을 향해 전속력으로 달렸다. 제 시간에 한강을 도하하지 못하면 거사가 무산될 것 같아 다급하게 날아갔다. 그러나 수중에 돈이 한 푼도 없었다. 단골 세탁소 사장한테 돈 3만원 빌려달라고 했다가 한칼에 퇴짜를 맞았다. 결국 빈손으로 택시를 탔다. 독수리 한 마리가 하늘을 나는 것 같은 날이었지만, 저 땅 위에선 개미 한 마리가 야트막하게 기어가고 있었다. 빈손뿐인 개미 한 마리 태운 택시는 그 식당 앞에 멈췄다. 그때 막 멈춘 택시 바로 옆에 택시를 잡기 위한 승객 한 분이 서 있었다. 그러나 그 승객은 나를 기다리고 있었다. 그 승객은 하늘의 독수리처럼 나를 내려다보고 있었는지 재빠르게 택시비를 꺼내 건넸다. S 대학 도서관에 근무하던 모 여류 시인이었다. 내 생의 빛이 한꺼번에 확! 쏟아지던 날이었다.

동일시

에프엠 라디오 진행자의 목소리가 식은 것 같다. 아니다 그
냥 흐르는 강 바라보듯 들으면 되는데 왜 채널을 돌렸을까.
"운전하지 말고 승객이 되어라."(아잔 브람) 운전자의 언어로
부터 벗어나라. 퇴직자처럼 살아라. 나는 지휘관이 아니다.
지휘자도 아니다. 나는 그만한 직위를 가져본 적도 없다. 다
만, 열다섯 명인 부서의 팀장 업무를 몇 해 동안 반복한 것이
유일한 직책이었다. 아침 일곱 시 반에 출근하여 밤 열 시 넘
어 퇴근했다. 하루도 쉬지 않고…. 나는 그때 그 직책과 관련
된 모든 일과 나를 동일시하였다. 그야말로 혼연일체였다. 누
가 뭐라고 해도 나는 우선 몸부터 갈아 넣었다. 스스로 가

한 가혹한 억압이고 구속이었다. 구속은 욕망의 다른 표현이었을 것이다. 열정도 억압이었을 것이다. 그게 또 시시때때로 강박증이 되었을 것이다. 반은 나였고 반은 타자였다. 그러나 해를 거듭할수록 나머지 반도 타자의 것이 되었다. 꽃놀이패가 아니라 뜨거운 감자였다. 나는 내가 아니었다. 더 깊은 동굴 속으로 들어갔다. 나는 동굴이 되었다. 해가 언제 뜨고 해가 언제 지는 것도 몰랐다. 동굴은 또 동굴일 뿐이었다. 동굴의 세계는 그런 것이었다. 동굴 벽에는 벽화처럼 아주 씩씩한 로봇의 그림자만 어른거렸다. 나는 로봇이었다. 과유불급을 몰랐다. 그것은 열정이 아니라 과열이었다. 그런 나를 여러 차례 뜯어말린 것은 여자 동료들이었다. 그들은 그 옛날에 이미 워라밸을 알고 있었다. 동일시는 밸런스를 잃게 된다. 동일시도 집착이다. 그때는 몰랐지만 조금씩 알게 되었다. 요새는 또 다른 동굴 속에 사는지 몰라도 해가 뜨면 해가 뜬 것을 보고, 해가 지면 해가 진 것을 바라본다. 바라본다와 그냥 본다는 말도 조금씩 알 것 같다. 명상을 하고 수행을 하진 않아도 동일시에 빠지지 않으려고 한다. 동일시도 알고 보면 고정된 관념에 이르는 통념이고 환상이고 우상이다. 동일시도 일자 관념 혹은 일자 권력에 가까울 것이다.

긍정과 부정 사이 1

이 세계의 떠도는 긍정과 부정 사이에서 얼마나 견딜 수 있을까. 내가 얼마나 긍정할 수 있을까. 내가 또 얼마나 부정할 수 있을까. 이 세계는 부정한다고 부정되지도 않고 긍정한다고 긍정되는 것도 아니다. 내가 부정할 수 있는 것도 없고 내가 긍정할 수 있는 것도 없다. 부정할 수도 긍정할 수도 없는 이 세계에서 나는 무엇인가. 웃어야 하는가. 울어야 하는가. 그럼에도 불구하고 우선 저 식상한 상식부터 부정하자. 다시, 내가 반복하고 있는 것을 손바닥에 올려놓고 혹 날려보내자. (그리고 조용히 웃자.) 먹어야 하나, 굶어야 하나. 노래를 불러야 하나, 춤을 춰야 하나. 커피를 마셔야 하나, 술을 마셔야 하나. 이것은 참을 수 없는 것인가, 견딜 수 없는 것인가. 불행한 것인가, 행복한 것인가. 그들은 왜 더 버틸 수 없었을까. 그냥 손이라도 쭈욱 뻗으면 살 수 있었을 텐데 왜 제 손을 옆구리쯤에 툭 떨어뜨렸을까. 포기한다는 것은 그런 것인가. 견딜 수 없는 것은 그런 것인가. 그냥 툭 내려놓는 것인가. 이 세계는 굴복하는 자의 것인가. 아님 부정하는 자의 것인가. 긍정하는 자의 것인가. 이 세계는 허하고 공한 것인가. 희망은 본래 무존재였던가. 불가능한 것인가. 이 세계는 불편한 것인가. 우리는 혹은 각자 이 불편함을 견뎌야 하는가. 견딜 수 없을 때까지 견뎌야 하는가. 그것은 내 것인가. 아님 내 깃인가. 밧줄이라도 잡아야 하는가. 밧줄을 놓아야 하는가. **연민이나 연대가 사라진 시대는 그런 것인가.** 술을 마시고 거리를 방황하는 자가 없다. 거리도 텅 비었고 술집도 텅 비었다. 나는 홀로 거리를 헤매고 다녔다. 기인도 초인도 없는 거리는 그런 것이었다. 이 거리에선 웃는 자도 없지만 우는 자도 없다. 그냥 무표정만 남았다. 희망을 버리면 당장 불행해질 것 같지만 희망이 없다고 불행한 것은 아니다. 지인에게 물어보라. 보라, 긍정보다 부정한 자가 살아남아서 이 밤거리를 헤매고 있지 않은가.

긍정과 부정 사이 2

한낮에 지하철을 타면 경로들이 많다. 아니다, 웹툰을 보는 청년도 있다. 지금은 조간신문을 읽고 선반에 두고 내리던 세상이 아니다. 슬픔은 어디선가 슬픔을 견디고 아픔도 어디선가 아픔을 견디는 시대가 되었다. 눈이라도 마주치면 오히려 그 눈을 째려보는 시대가 되었다. 시인조차 영감이나 자존심으로 버티던 시대가 아니다. 시인이 옥중에서 시대를 증언하던 시대가 아니다. **지금은 문학이나 영화나 음악으로 한 시절을 풍미하던 그런 시대가 아니다.** 외로움이나 슬픔이나 아픔이나 분노나 이런 것들이 통용되던 시대가 아니다. 시인들의 섬세한 감수성조차 무용한 시대가 되었다. 오오 불쌍

한 나의 감수성이여 섬세함이여. 엿 같은 감성이여. 다시, 지하철도 조용하고 저 걸인처럼 철 지난 외투를 입고 돌아다녀도 아무도 웃지 않는다. 있음보다 없음, 긍정보다 부정, 낙관보다 비관하던 자들의 운명은 변하지 않았지만 세계는 변했다. 시대도 변했다. 시인은 이제 평범한 시민이 되었다. 이 시대엔 각자의 슬픔과 분노와 아픔과 외로움을 에스앤에스 등을 통해 드러내곤 한다. 그리고 그러한 감정은 각자 견뎌야 한다. 없음은 그런 것이다. 없음의 시대는 그런 것이다. 그래도 시인들은 때때로 그런 없음을 증언하고 그런 없음에 대해 사유하고 발언할 것이다. 그러한 없음을 환기하고 없음을 감수하고 없음을 또 전파할 것이다. 긍정과 부정 사이에서 혹은 절망과 희망 사이에서, 부정과 절망을 택하게 될 것이다. 웃음보다 다시 눈물을 택할 것이다. 시인은 또 우울을 겪을 것이다. 이 우울은 삶도 죽음도 아니다. 이 우울도 하나의 생명체와 같은 것이다. 시인은 우울을 받아쓰고 또 받아먹을 것이다. 우울은 또 혼자되는 것이다. 없음은 또 그런 것이다. 시인의 사랑은 그런 것이다. 그런 것도 시인의 고독이다. 시인은 고독을 겪으며 고독을 먹고 산다. 그런 것도 시인의 운명일 것이다. 시는 개별적 존재, 즉 각자의 고독 속에서 싹트는 것이다. 또 낯섦과 공백과 침묵과 마주칠 것이다.

퇴직 이후

퇴직 이후 나는 비로소 해방되었다. 물론 또 다른 커다란 물체가 눈앞에 도사리고 있었지만 해방은 해방이었다. 해방은 곧 독립이었다. 퇴직 직전에 속으로 몇 번이나 다짐했다. 시를 제일 앞에 둘 것이다. 나보다도 시를 앞에 둘 것이다. 시를 제대로 쓰지 못하면 시베리아나 남해 섬으로 유배를 자청할 것이다. 스스로 유폐될 것이다. 나는 이제 가느다란 가끔 찌릿찌릿한 이 전깃줄 같은 시를 통해 세상과 소통할 것이다. '나 이제 가노라 저 거친 광야에 서러움 모두 버리고…'(김민기) 천천히 타이핑하듯 읊조렸을 것이다. 나는 문단 데뷔도 문단 진입 평균 연령으로 볼 땐 늦깎이였을 것이다. 이제 다

시 퇴직 이후 다 늙은 노새 한 마리와 함께 또 길을 나선 심정이다. 시가 나를 기다리고 있을까. 너무 늦게 왔다고 기다리다 포스트잇에 메모 한 줄 적어놓고 떠난 것 아닌가. 시는 시간을 쪼개서 쓰는 게 아니라 그때그때 손끝에 닿는 것이다. 그러면 나는 또 변명할 것 같다. 시를 쉰 적은 없고 직장에 왔다갔다하다 보니 시간을 다/더 쏟지 못했다고…. 그러나 문학이나 인생엔 변명이 없다. 외상이 없다. 다음을 기약할 수 있는 게 아니다. 사랑도 마찬가지다. 방황도 마찬가지다. 헤매고 다닐 땐 지금 당장 헤매고 다니는 것이지 나중에 헤매고 다니는 것은 없다. 두서없는 말이 되었지만 병법을 쓴 손자의 말처럼 전쟁엔 정답이 없다. 인생도 정답이 없다. 한국 사회도 정답이 없다. 그러므로 인문학의 여정은 정답보다 끝없는 질문을 이어나가는 것뿐이다. 좋은 소설은 대체로 읽는 내내 혹은 읽고 나서도 좋은 질문이 쏟아질 것이다. 본의 아니게 좀 불순할 수밖에 없는 질문도 많을 것이다. 아무튼 이제 하루 종일 노트북 앞에서 이런 일도 온전히 집중할 수 있게 되었다. 하늘이든 땅이든 천지신명께 거듭 감사할 따름이다.

텅 빔

텅 빔은 무엇일까. 내 것도 버리고 남의 것도 버리는 것 아닌가. 어떤 의미를 버리고 기표만 남겨놓은 것 아닌가. 그런 것이 텅 빔일까. 11월의 은행나무처럼 혼자 남은 것일까. 속옷도 다 벗고 알몸만 남은 걸까. 거울 속의 알몸은 텅 빈 것일까. 텅 빈 것은 낯선 것일까. 눈앞의 날파리 중후군, 이 비문증도 낯선 것일까. 낯선 것은 텅 빈 것일까. 전혀 다른 시를 쓴다면 낯섦일까 텅 빔일까. 기성의 문법을 반복하지 않고 다른 길로 핸들을 꺾으면 그것이 시의 길이 되는 것 아닐까. 다른 시를 쓰고 다른 길을 걷는다면 그 길은 새로운 것일까. 그게 텅 빔의 세계일까. 그런 것이 기존의 카테고리를 벗어나는 것인가. 익숙함으로부터 벗어난다는 것은 그런 것인가. 일탈인가. 무엇으로부터의 탈피는 그런 것인가. 타락도 그런 것인가. 몰락도 그런 것인가. 고립은 그런 것일까. 자립은 그런 것일까. 망망대해란 그런 것인가. 단절과 붕괴는 그런 것인가. 기존의 에토스ethos의 몰락이란 것도 이런 것인가. 조금씩 다르다는 것이 낯섦인가. 불편함이 낯섦일까. 그곳에 시가 있고 텅 빔이 있을까. 타자의 권력을 따르지 않는 것이 텅 빔일까. 텅 빔이 시의 출발점이라는 것 아닌가. 침묵도 텅 빔인가. 아닌가. 우선 어제의 시를 버리자. 오늘의 시도 버리자. 시를 버리자. 김수영을 잊자. 김종삼을 잊자. 한국문학사를 잊자. 한국의 역사도 잊자. 세계문학사도 잊자. 어제의 역사를 믿지 말고 오늘의 역사도 믿지 말자. 그리고 아무것도 이해하지 말자. 차라리 그 모든 것을 오해하자. 나부터 오해하자. 오랫동안 지속된 그 고리타분한 것들을 믿지 마라. 남의 옷을 쳐다보지 말자. **진영 논리나 사회적 담론에 끼어들지 말자.** 자신의 삶을 개발하고 자신의 문법을 찾자. 그 삶을 형상화하자. 그대의 삶을 그대 스스로 발명하라. 발명하지 못하면 발견이라도 하자. 발견하지 못하면 적어도, 적어도 아주 작은 침묵이라도 하자. 그리고 아주 작고 나지막한 존재가 되자.

자축

가을이다. 나는 지금 이곳에서 명상하고 있다. 서울 창포원 평상 끝에 앉아 이 가을을 자축하고 있다. 그저 조용히 명상하고 있다. 딱히 떠오르는 것도 없다. 딱히 약속도 없다. 테니스 칠 일도 없고 축구 동호회 경기 일정 같은 것도 없다. 주머니 속의 볼펜을 찾을 일도 없고 휴대폰 메모장을 들락거릴 일도 없다. 모처럼 한가하다. 그냥 여기 좀 앉아 있음을 자축하고자 한다. 매우 사적인 일이지만 신작 시집 앞에 들어갈 작가 인터뷰도 끝냈고 시인의 말도 다 넘겼다. 10월 말쯤 출간될 예정이다. 자축할 일만 남았다. 기자 간담회도 북토크도 건너뛴다. 건너뛴다는 말은 속임수다. 한 번도 그런 일을 한 적이 없다. 내 사전에 그런 일은 없다. 그냥 또 다음 시집을 준비 중이다. 언론에 공지할 한 줄 메시지는 그것뿐이다. 그저 책상 앞에서 노트북 앞에서 사는 게 작가의 일상 아닌가. 스포트라이트도 없고 그냥 평범한 전등 아래 사는 게 우리의 일상이다. 식당 주방장이 굳이 손님 테이블 앞에 왔다 갔다 할 일은 아닌 것 같다. 다 자기 자리라는 게 있다. 장수는 전쟁터에 있어야 하고 변호사는 피고인 옆에 있어야 한다. 평상에 앉아 있다고 아무것도 생각하지 않는 게 아니다. 정말 아무것도 생각하지 않는다면 그것은 더 높은 등급의 명상이 될 것이다. 그러나 위에서 말했지만 다음 시집 또 그 다음 시집을 막연히 생각하고 있을 뿐이다. 그렇다고 시가 무슨 밑그림이 필요한 장르는 아니다. 작품을 구상한다거나 하는 그런 장르도 아니다. **시야말로 무계획이고 무목적이고 무지식적이다.** 계획을 세우지 말라는 게 아니라 관련 정보를 찾고 현지답사하고 그런 것은 시의 속성이 아니지 않은가.

소회

1970년대를 소회하고자 한다. 우선 무대는 종로 2가 파고 다극장 뒤 B 독서실이다. 1970년대 초 어느 한 시즌만 보자. 낮에는 멀쩡한 재수생이었고 밤에는 독서실 바닥에 신문지 깔고 자던 문학청년이었다. 뒤바뀐 적도 있었다. 동대문 방향의 싸구려 중국집으로 가는 길에 야바위꾼에게 속아 한 달 치 독서실 비용을 날린 적도 있다. 화투 석 장 중에 동그라미 표시된 것에 판돈을 거는 것이다. 도박의 이면을 볼 수도 없었고 이면에 뭐가 있는지도 모르던 풋내기 시절이었다. 저 도박판처럼 그 시대의 거품이나 표면만 보고 살았을 것이다. 청바지와 통기타 가수들처럼 머리도 길렀을 것이다. 종로 2

가, 3가 대로보다 뒷골목으로 다녔다. 어둡고 칙칙한 뒷골목처럼 그 시절 나의 청춘도 그러하였을 것이다. 담배도 피웠다. 독서실 옥상 구석진 곳에선 두어 해 선배들이 모여서 무슨 음모를 꾸미는 것 같았다. 나중에 밝혀졌지만 시국과 관련된 것은 아니었다. 한쪽 발을 들여놓을 뻔했었지만 돌아섰다. 또 고등학교 2년 선배를 만나 둘이서 2인 시집을 내겠다고 미친 듯이 뛰어다녔다. 무슨 큰바람이 내 생의 한 가운데를 과녁처럼 정확히 겨냥한 것 같았다. 어느 특정 부위 한곳이 텅 빈 것 같았지만 오랫동안 어디가 텅 빈 곳인 줄도 몰랐다. 재수생의 신분에서 조금씩 탈선하고 있다는 것을 시골집 어머니는 그 먼 곳에서도 알고 있었다. 시골집으로 강제 송환되기 전까지 나는 거의 난민처럼 살았을 것이다. 그러나 조금 과장하자면 중국 고사에 나오는 그 무릉도원에 불쑥 들어갔다 온 것 같았다. 그 무렵 또 1970년대 우리들의 자화상 같은 영화 〈바보들의 행진〉을 보았다. 이번엔 그 영화가 내 생의 한 가운데를 무슨 기록영화처럼 한 컷 한 컷 밟고 갔다. 지금도 가끔 어떤 특정 부위를 쿡 찌르는 것만 같다.

3부

비대상

　허무주의자였지만 허무를 외면하였다. 대상은 알아도 비대상은 쳐다보지도 않았다. 대상이 없으면 시가 무너지는 줄 알았다. 시는 언어의 내적 작용이라는 말을 들은 척도 하지 않았다. 시는 언어라는 것도 건성으로 듣고 흘려보냈다. 어떤 언어의 세계보다 어떤 사회를 꿈꾸었던 것 같다. 그리고 또 비관주의자였지만 비관보다 낙관을 지지하였다. 여하튼 어떤 대상을 놓치면 시를 놓치는 줄만 알았다. 웃을 줄도 몰랐고 더 크게 우는 법도 몰랐다. 덧없음을 일찍 알았지만 너무 깊은 곳에 묻어 두고 살았다. **나의 허무나 비관보다 역사를 쫓아다닌 것 같다.**

서울시 교육감 보궐선거

엊그제 서울시 교육감 보궐선거가 있었다. 최종 투표율 24.6%였다. 1/4 정도만 투표했다는 것. 서울 25개 자치구별 투표함 뚜껑 열어보면 이미 판세를 정해놓은 것도 같다. 그러나 그런 것보다 언론보도를 보면 지난해 초중고 사교육비가 27조 1000억 원이었다. 사교육은 오래전부터 부익부 빈익빈일 것이다. 양극화는 양극화를 반복할 것이며 양극화는 더 심화될 것이다. 한국에선 당분간 사교육을 이기는 정책은 없을 것이다. 초중등 교육감 선거 뒤에 할 말은 아니지만 향후 수능 자격시험으로 전환할 수 있겠는가. 없다. 학생부 100% 대학입시 가능할까. 없다. 얼마 전 한국은행 총재는 성적순으로 뽑는 게 가장 공정한 것은 아니라고 했다. 옳은 말씀이다. 수능이나 내신 이외 심층 면접, 논술 등 다양한 전형으로 전환할 수 있을까. 없다. 입시 위주 등 극심한 경쟁을 개선할 방법이 어디 있을까 없을까. 없다. 의대 증원으로 인한 의대 쏠림 막을 수 있겠는가. 없다. 금년도 의대 전형 멈출 수 있겠나. 없다. 전공의 약 90%가 수련병원 떠났다는데 일정 기간이 공백 메울 방법은 있는가. 없다. 하나 더, 의대 약 1500명 증원하면 현재 3000명에 군 입대 등 휴학생도 있겠지만 어쨌든 내년엔 1학년만 약 7500명 아닌가. 수업이 가능할까. 가능하지 않을 것이다. 의대 증원 어떻게 생각하는가. 첫 단추 잘못 끼웠다. 의대에 가서 현장의 목소리를 수용해라. 다시, 미국 하버드 대학 마이클 샌델 교수 제안처럼, 예컨대 일정 기준 통과한 지원자 대상으로 (우리식으로 변형하면 수능 최저 등급만 정해놓고) 대학입시 유능력자 제비뽑기 할 수 있을까. 없다. **문학 교과만이라도 객관식 시험 폐지할 수 있을까. 없다.** 중고교 검인정 교과서 대폭 개방하고 확대할 수 있을까. 없다. 기초과학 분야 및 이공계 육성 지원 대책 있는가. 없다. 대기업부터 성적이나 이력보다 현안에 대한 공감, 판단력, 미래를 위한 복합적인 사고능력 및 해결능력 등을 우선순위에 둘 수 있겠는가. (여기까지만…)

개인주의

개인주의가 나쁜가. 개인주의를 버려야 하는가. 인간은 이미 개인이며 개인주의자가 된 것 아닌가. 민주주의는 개인을 위한 것 아닌가. 개인은 누구보다 개인을 위해 사는 것 아닌가. 개인은 무엇을 위해 살아야 하는가. 잠깐 인터넷에서 찾아보자. 개인주의는 국가나 사회보다 그것을 구성하는 개인의 의의와 존재에 더 큰 가치를 부여하고, 개인의 권리와 자유를 존중하는 정치 철학 및 사회 철학이라고 한다. 여기선 이기주의나 개인 이기주의는 논점이 아니다. 더욱이 국가나 공동체의 가치나 공익이나 문화를 싹 다 외면하고 개인주의로 돌아가자는 것도 아니다. 논점을 벗어나지 않기를 거듭 바람. '오래전 파시즘의 결말을 목격한 유럽은 국가의 선전을 믿지 않게 되었다. 6.8운동으로 대표되는 수많은 반전사상, 표현의 자유, 또는 소수자들의 보호 같은 가치들은 개인주의를 토대로 하여 발달했다.'(나무위키) 그 무렵 6.8운동은 일본까지 밀려왔지만 현해탄을 제대로 건너오지 못했다. 그럼에도 불구하고 이 땅에도 개인과 개인주의는 싹트기 시작했고 열매는 달렸다. 대세는 그런 것이다. 나도 직장에서 그 조직의 일원이었을 땐 개인주의보다 그 집단의 이데올로기에 묻혀 살았다. 개인이 차마 감당하지 못할 그 이데올로기에 흔들린 적도 많았을 것이다. 그보다 더 큰 이데올로기 앞에는 차마 나서지도 못했지만 더 이상 굴복하지 않으려고 애를 썼을 것이다. 그러나 또 흔들릴 때마다 다시 중심을 잡으려고 안간힘을 썼다. 그 중심엔 이데올로기나 개인주의가 아닌 한 개인이 있었다. 때론 시를 쓰고 폭음을 하였을 것이다. 창밖으로 보이던 불암산을 바라보며 에세이도 썼을 것이다. 그럼에도 불구하고 지금 여기서 돌아보면 나는 개인보다 타자 혹은 집단에 더 가까웠던 것 같다. 나는 나약한 개인이 될 줄 몰랐다. 나의 적은 이런저런 통념에 사로잡혔던 나 자신일 것이다. 나는 이제 고독한 개인 혹은 타자의 관념이나 타자의 시선 따위에 휘둘리지 않는 개인이 되어야 할 것이다.

정견

바로 앞에서 개인주의 얘기 했지만 아무리 복잡한 인간도 어떤 논리나 어떤 언어를 대입하는 순간 매우 단순해진다. 그것을 요즘 말로 하면 진영논리도 그 중에 하나가 될 수 있다. 오래된 말로 하면 흑백논리라는 것이다. 진영과 흑백의 백그라운드는 거대한 논리와 언어를 갖고 있다. 한국 사회도 그렇고 다른 나라도 진영논리가 합리적인 논리를 넘어 득세하고 있다. 때때로 흑백과 진영은 국가를 뛰어넘는다. 그들이 그것을 뛰어넘어 어디로 가는지 알 수 없다. 그것을 아는 자는 없다. 벽을 마주하고 앉아 있는 자에게 물어보라. 그가 대답할 것이다. 진영도 진영을 반복하고, 흑백도 또 흑백을 반복할 것이다. 동문서답 같다. 이어서 또 그가 대답할 것이다. 밖에서 찾지 마라. 그리고 하루에 한번이라도 자문하라. 나는 누구인가. 이 세상은 무엇인가. 진영이 무엇인지 물으라. 진영이나 흑백보다 자기 삶에 집중하는 게 철학이다. 참선도 집중일 것이다. 오죽하면 경영일선에서도 선택과 집중이라는 말을 쓰겠는가. 잔치국수 한 그릇 먹을 때도 그때그때 선택하고 집중하는 것 아닌가. 질문도 답도 책 더미 속에 있는 게 아니고 식자의 논설에 있는 게 아니다. 남의 눈으로 보지 마라. 나의 눈으로 있는 그대로 볼 뿐이다. 그것뿐이다. 갑자기 생각났다. 비존재라는 말도 있다. 무명시인이라는 말도 있다. 찌찌리라는 말도 있다. 살림남도 있다. 메이저가 아니라 마이너리그도 있다. 거친 들판에서든 밀림에서든 눈앞의 모든 것에 대해 사자처럼 당당하게 맞서야 한다. 그럼에도 불구하고 불이 아니라 물처럼 유연하게 또 가볍게 대응해야 한다. 삶이든 직장이든 권력이든 현실이든 아니면 나보다 훨씬 더 큰 사자를 만나든 말이다. **가급적 제 삶의 맨 앞에 있는 뚜렷한 그 한 포인트!를 놓치지 마라.** 잠시 견성한 것 같다. 웃자. 한 번만 더 웃자. ㅎㅎ.

김종삼

"젊은 날 한 때 낮에는 김지하를 읽었고 밤에는 김종삼을 읽었다 그 무렵 실패한 연애 때문에 김종삼을 읽다 머리맡에 던져놓곤 했었다 그러나 맨 처음 그 여자의 마음을 끌어당긴 것도 그 여자의 마음을 더 복잡하게 만든 것도 김종삼 때문이었다 돌이켜 생각해 보면 그 여자의 마음도 내 마음도 아프게 한 것은 김종삼이었다// 혈서를 쓰듯 김종삼의 시 한 편을 따뜻한 펜으로 써서 그 여자한테 보내놓고 한 달 동안 기다렸다 답장이 없어도 두렵지 않았다 김종삼을 읽고 어떤 울림이 없다면 다시 만나지 않아도 답답할 일도 아니었다 어느 주점에서 쓸쓸한 바람 같은 것이 스치고 지나갈 때, 시라는 것도 쓸쓸한 혹은 영혼이 없는 자의 몫이라는 생각이 들었다 지금 내 사무실 컴퓨터 바탕 화면에 깔아놓은 김종삼의 흑백사진 위로 어떤 침묵이 흐르다 멈춰 있다 나의 시 한 편도 그 누구의 마음속을 복잡하게 흐르다 멈춰 있지 않을까?"(졸시, 「김종삼을 생각하다」)

김지하를 생각하면서 김종삼을 또 생각했던 것 같다. 김종삼을 생각하면서 김종삼의 시 한 편을 생각했던 것 같다. 김종삼의 그 시는 차마 꺼내놓기 어려울 것 같았다. **지인에게 돈을 빌린 후 오랜 세월 갚지 못해 그의 이름만 되뇌는 것 같다.** 그 시와 관련된 전후 사정은 그 시와 관련된 당사자가 기억할 것이다. 이미 빛이 바랬거나 기억조차 너덜너덜해졌을 것이다. 문청 때 얘기다. 지금 나는 문청도 아니고 등단한 지도 까마득한 옛날 일이 되었다. 그래도 노트북 앞에선 철 하나 들지 않은 문학청년처럼 살고 있다. 그게 나의 자부심일 때도 있다. 10월 중순을 지나고 나면 누구나 가슴 한쪽에 못 바람이 복잡하게 스치다 멈출 것만 같다.

사물

시는 공유의 대상인가. 공유하려면 뭔가 분명한 게 있어야한다. 시는 분명한 것인가. 시는 공유의 산물인가. 시는 산물인가. 산물이라면 무엇의 산물일까. 관념의 산물일까. 대상의 산물일까. 시는 산물의 산물일까. 이른바 산물은 그 어떠어떠한 상징이라는 걸까. 시는 무엇의 산물이어야 할까. 산물은 사유의 산물일까. 혹시 사색의 분비물일까. 무엇에 대한 어떤 의미도 산물일까. 모든 의미는 무엇의 산물일까. 어떤 의미는 곧 어떤 대상일까. 좀 어려운 말이다. 산물은 대상과 의미의 산물일까. 모든 산물은 대상이 있는 걸까. 모든 산물은 존재의 부산물일까. 관념의 부산물일까. 산물은 추상적인 걸까. 추상의 추상이 산물일까. **추상은 산물을 낳고, 산물은 추상을 낳는 걸까.** 돌고 도는 것일까. 손에 잡히지 않는 것이지만 어딘가 존재한다고 생각하는 걸까. 사물과 산물의 관계는 뭘까. 그 사이에 낀 게 뭘까? 그리고 비대상은 산물을 생산하지 못하는 걸까. 비대상의 산물은 뭘까. 그것을 뭐라고 불러야 할까. 무의미라고 해야 할까. '날것'이라고 해야 할까. 날것과 무의미는 사물일까, 산물이 아닐까. 뭘까. 날것과 무의미는 공유의 대상이 아닌가. 그것은 산물이 아니라면 뭘까. 비존재의 산물은 뭘까. 뭘까. 생각은 산물일까. 산물이 아닌 것을 뭐라고 할까. 느낌일까. 그게 사물 1, 2, 3 … 시는 또 뭘까. 사유의 대상도 아니고 공유의 대상도 아니고 이해의 대상도 아닌 걸까. 아 그것을 뭐라고 불러야 할까. 그냥 '헛껍데기'라고 할까. 지나가는 행인이라고 할까. 옛 전우라고 할까. 지하철 옆자리 승객이라고 할까. 옛 애인이라고 할까. 먼 친척이라고 할까. 초등학교 동창이라고 할까. 외계인이라고 할까. 등잔 밑이 어두운 놈이라 할까. 이방인일까. 길고양이라고 할까. 현실이 아니라 하나의 비현실이 된다는 걸까. 그렇게 함으로써 겨우 도달한 것이 또 뭘까. 그것이 산물보다 하나의 사물이며 하나의 시라는 것일까.

덩그렇게 혼자 남은 이 외로움이야말로

외로움엔 남이 끼어들 틈이 없다. 내 삶이 내 인생이 될 수 있는 게 외로움이다. 각자의 외로움은 각자에겐 알맞고 매우 자연스러운 것이다. 각자 자기만의 외로움을 갖고 사는 것이다. 외로움도 병이라고 한다면 그 병은 나쁜 것이 아니라 철학의 병과 같은 것이다. 두려워 할 것도 없다. 상처 없는 영혼이 없듯이 외로움 없는 몸뚱어리는 없다. 그 또한 삶의 일부로 받아들이면 서서히 왔다가 또 서서히 꼬리를 감추게 되어 있다. 또 서서히 다가올 것이다. 또 서서히 받아들이면 된다. 외로움을 물리치거나 뚝 떼어놓을 일이 아니다. 잘 데리고 살면 다정다감한 친구가 될 것이다. 외로움은 혼자서 나를 만날 수 있는 유일한 길목이다. 나를 바라볼 수 있는 것은 오직 나의 외로움뿐이다. 이 세상에 나쁜 외로움은 없다. 외로움을 사랑하자. 외로움은 벽이 아니라 창이다. **덩그렇게 혼자 남은 이 외로움이야말로 모든 사유의 출발이다.** 그것은 또 시의 출발인 셈이다. 외로움은 저 산도 아니고 저 바다도 아니다. 눈높이쯤에서 볼 수 있고 가슴높이쯤에서 맞닿을 수 있다. 친구처럼 다가갈 수도 있다. 친구의 눈이다 하고 마주 앉아 볼 수 있는 것이다. 눈길을 어디다 둬야 할지 두리번거릴 일이 아니다. 외로움은 나의 그림자와 함께 있는 것이다. 에스앤에스보다 더 가까운 곳에 있는 게 나의 외로움이다. 각자의 외로움이 다르듯 외로움의 끝도 다르다. 그 끝에 시가 있을 수도 있고, 치맥이 있을 수도 있다. 벽도 있고 문도 있을 것이다. 좀 외로워도 좋은 일 아닌가. 좀 더 외로워도 좋은 일 아닌가. 좀 더 크게 외로우면 시보다 철학이 되거나 현자가 되는 것이다. 여기선 철학이나 현자에 대해 논하진 않는다. 다만 우리들의 외로움은 뭇 외로움일 뿐이다. 그 뭇 외로움이 또 우리를 키워주는 것이다. 우리를 들었다 내려놓기도 할 것이다. 조금만 더 힘을 내면 우리도 그를 들었다 놓았다 할 수 있을 것이다. 그도 결코 그렇게 높거나 깊지 않을 것이다.

밑 빠진 독 같은

　나는 이곳에 있다. 내가 있는 곳은 저곳이 아니라 이곳이다. 내가 있는 이곳에서 나는 세상과 소통하고 있다. 세상도 저곳이 아니라 이곳에 있다. 거듭 말하지만 나는 이곳에 있다. 이곳에 내가 있다는 것을 잊지 마라. 이곳은 내가 조용히 앉아 있을 수도 있고 잠시 일어나서 구름을 바라볼 수도 있는 곳이다. 이곳엔 오직 나 혼지만 있다. 피정이니 기도원이니 선방이니 이런 말도 이곳에선 할 필요가 없다. 이곳은 그냥 이곳일 뿐이다. 이 순간도 이곳일 뿐이다. 이곳은 꼭 어떤 장소를 말하는 게 아니다. 이곳은 내 가슴의 한가운데일 수도 있다. 한 직장의 사무실도 이곳이 될 수 있다. 이곳은 지정된 곳이 아니다. 이곳은 내가 생각하는 곳이다. 각자 잠시 고요히 생각할 수 있는 곳이면 이곳이 되는 것이다. 고요히 생각한다는 것은 대체로 자문자답의 형식이다. 다만 느닷없이 허무에 이를 때도 있을 것이다. 두렵다, 생각하면 그냥 돌아서면 된다. 남의 잣대에 굳이 스트레스 받을 일도 없다. 어려운 말이지만 모든 것에 마음을 열어놓으면 천하도 얻을 수 있을 것이다. 앗 너무 멀리 나간 것 같다. 나는 천하보다 아주 가까운 이곳에 있다. 나는 저곳이 아니라 이곳에 있다. 나는 이제 저곳이 아니라 이곳에서 출발할 것이다 이곳엔 아무것도 없어도 나는 이곳을 선택하고 또 집중할 것이다. 아무것도 없는 이곳을 나는 사랑할 것이다. **비는 오다 그칠 것이고, 저녁이 되면 날은 또 어두워질 것이다.** 이곳에서 나는 어둠처럼 텅 빈 것과 함께 앉아 있을 것이다. 그럴 때마다 나는 아주 낯선 시간을 사는 것 같다. 새로운 사건 하나를 맞닥뜨리는 것 같다. 그것은 제목이 미처 떠오르지 않아 우선 제목 없는 시를 쓰는 것과 같다. 무제라는 제목도 붙이지 말고 번호도 붙이지 말고 그냥 밑이 텅 빈 시를 쓰는 것 같다. 밑 빠진 독 같은….

그는 막 잠이 들었지만 나는 잠이 오지 않았다

그는 막 잠이 들었지만 나는 잠이 오지 않았다. 나는 그의 뺨에 입을 맞추고 그의 방을 나왔다. 나는 각방 쓰는 중이었다. 나는 새로운 에세이를 쓰는 중이었다. 새롭진 않아도 좀 다른 에세이를 쓰는 중이었다. 운동선수가 경기를 앞두고 각방 쓰는 것처럼 나도 각방 중이었다. 김수영의 「죄와 벌」이라는 작품이 생각났지만 그보다 「강가에서」가 더 생각났다. 그보다 더 생각나는 시도 있었지만 그냥 두었다. 김수영은 시와 생활을 구분하지 않았던 것 같다. 시와 생활을 구분하지 않는다는 게 쉽지 않은 일이다. 왜냐하면 둘 다 포기할 수 없기 때문이다. 접점이 없다. 타협이 없다. 시와 생활로부터 동시에 고립되어야 하기 때문이다. 동시에 단절되어야 하기 때문이다. 고립과 단절은 그런 것이다. 생을 걸어야 하기 때문이다. 그것도 허공만큼 무거운 것이리라. **그러나 그런 생은 무겁지도 않고 가볍지도 않을 것이다.** 오십, 육십엔 도저히 알 수 없는 일이다. 어떤 문턱을 하나 넘어야 알 수 있는 것이다. 안다고 해도 또 모르는 일이다. 생은 알 수 없다. 시도 마찬가지 같다. 시와 생활을 구별하지 않아도 무겁지도 가볍지도 않다. 시와 생활 앞에서 오히려 솔직해야 한다. 그것이 시와 생활을 구분하지 않는 것이다. 시를 보면 알 수 있고, 시인을 보면 알 수 있다. 그러나 나의 시는 무겁고 너의 시는 가볍다. 나의 생은 무겁고 너의 생은 가볍다. 아무것도 하지 않아도 나는 무겁고 너는 가볍다. mbti 식으로 말하면 당신은 e인가 i인가. 당신은 t인가 f인가. 아파트를 줄여서라도 여행을 하자는 이가 있고 어떻게 아파트를 줄일 수 있겠느냐고 말하는 이도 있다. 제 무리에서 뚝 떨어져 혼자 쓸쓸히 늙어가는 수놈 코끼리를 보라. 그리고 저쪽엔 늙은 어미 코끼리가 무리를 이끌고 느릿느릿 움직이고 있다. 좀 전에 ebs에서 수컷의 세계를 화면에 꽉 채워 보여주었다. 늙은 수컷의 자리가 어딘지 똑똑히 보았다. 보라! 저렇게 동물의 세계와 인간의 세계가 겹칠 때가 있다.

시의 자리

　에세이를 쓰는 날엔 에세이스트가 된다. 가을 저녁엔 상계역 가설무대 같은 주점에 들어가 P 형과 막걸리를 마셔야 한다. 앞뒤 경로들 틈에 끼어 노벨문학상과 관련된 독서 특수 증상도 논하고 문단의 동향도 언급할 수밖에 없다. 밤 열 시쯤 11번 마을버스에 오르기 전 호프집에 가서 오백 하나씩 더할 때도 있다. 밤길은 조심해야 한다. 술이 약한 게 아니라 마음이 약한 탓이다. 마음이 아니라 몸부터 생각한다는 것 아닌가. "이쯤 되면 거지가 되거나 농부가 되거나…."(김수영, 「반시론」) 아마도 내가 옹졸해진 것 같다. 나이 먹었다는 것이다. 그러나 안심하지 말자. 끝까지 안간힘을 쓰고 있다는 것 아닌가. 술을 피하다 보면 사람도 피하게 된다. 좋은 일이 아니다. 좌우지간 술을 피하든 술을 마시든 이젠 술보다 더 나은 해방공간이 따로 있는 것 같다. 집필실이나 서재가 아니다. 안방 한쪽에 노트북 얹어놓은 책상이다. 그곳이 나의 해방구다. 시가 있는 곳이다. 그곳에서 내가 시를 붙잡고 사는 게 아니라 시가 나를 붙잡고 있는 것 같다. **밥 먹고 하루 종일 이러고 산다.** 술도 멀리 하고 늦은 산책 이외 외출도 줄이면서 이렇게 산다. 그런데 이렇게 사는 게 좋다고 생각하는 게 문제 아닌가. 이것은 그렇게 좋은 일인가. 이렇게 살아도 되는지 반성조차 않는다. 이렇게 사는 게 시인의 삶인지 콕 찍어 본다. 술 마시고 이게 아닌데 하면서 한 이틀 벽을 향해 돌아눕던 내가 없다. 술이든 또 시 앞에서 알아서 기고 있다는 것 아닌가. 이쯤 되면 거지가 되었거나 농부가 되었다는 것 아닌가. 커피라도 마시러 카페에 다녀야 하겠다. 집에서 반주라도 해야 하나. 시의 자리가 어딘지 잘 모르겠다. 저녁 어스름에 적적하던 그대 가슴께였던가. 아니면 올망졸망하던 그대의 언어였던가. 표지가 너덜너덜한 김수영 산문집 (1981)을 군데군데 읽었다. 대학 졸업 논문으로 〈김수영론〉을 썼다는 것도 여기에 기록해 두고자 한다.

어제와 오늘의 시

어제의 산책로를 오늘 또 걷는다. 보폭이나 옷차림도 크게 달라진 게 없다. 저 강아지도 어제 본 녀석과 같다. 가로등 조명도 무수천 물살도 어제와 딱히 변한 게 없다. 저 산의 바위도 그대로다. 산이나 바위가 어떻게 하루 만에 달라질 수 있겠는가. 어제 산책하면서 생각했던 것과 오늘 산책하면서 생각한 것은 다르다. 좀 비슷한 생각을 다시 했다 해도 어제의 생각은 어제의 생각이고 오늘의 생각은 오늘의 생각일 것이다. 어제는 다큐 같고 오늘은 드라마 같을 수도 있다. 어제는 시 한 줄 같고 오늘은 산문 한 줄 같을 수도 있다. 어제도 오늘도 아닌 날에도 무수천 산책로 걷고 있을 것이다. 누군가 뒤에서 봤으면 독자 없는 시인처럼 걷는다고 할 것 같다. 어제보다 오늘 저녁 공기는 조금 더 차가운 것 같다. 스포츠 댄서 회원끼리 주고받던 말이 들렸다. 어제는 생각하지 못했던 말이 오늘 하나 떴다. 인생은 코미디와 같다. 이어서 하나 더 덧붙인다. 세상도 코미디와 같다. 한국 정치도 코미디와 같다. 프랑스 국민은 정치인들을 토론의 수준으로 평가한다고 들었다. 토론을 좋아하는 국민이기에 그럴 것이다. 우리는 멀쩡한 토론조차 예능이 되어 간다. 예능이 되어도 좋은데 예능에서 유머라도 배워야 할 것 아닌가. 시만 죽은 게 아니다. 텔레비전 드라마도 예능도 스포츠도 더 나아가 뉴스도 일기예보도 죽은 것 같다. 아무튼 유머 혹은 농담은 결국 논리와 논리를 뛰어넘는 그 무엇일 것이다. 앞의 말을 툭 자르면서 인용한다. "어제의 시는 오늘의 시가 될 수 없다. 어제의 시는 위험하고 오늘의 시는 불온하고 또 불안하다. 어제의 적은 오늘의 적이 아니다. 오늘의 적은 오늘 찾아올 것이다. 어제의 꿈도 오늘의 꿈이 아니다. 빈센트 반 고흐의 자화상을 보라. 이승훈의 후기시를 읽어보라."

자꾸만 작아지는 나의 생각

 나의 생각을 바꿀 수 있을까. 나의 일상에 드리워진 생각을 바꿀 수 있을까. 나의 생각의 틀을 바꿀 수 있을까. 늦은 산책이라든가 국내 정치에 관한 현안 문제라든가. 한국 교육에 대한 비관적 입장이라든가. 오늘의 강수량과 오늘의 시 초고라든가. 이런 것으로부터 벗어날 수 있을까. 매일 일정량씩 반복되는 이 산문을 작성하는 일상에서 조금씩 벗어날 수 있을까. 나는 나의 일상을 뒤집어엎지도 못하고 어느새 다시 직장에 다니듯 나의 일상에 순응하고 복종하는 것 아닌가. 여기서 내 생각이 더 나가면 철학이 된다. 시도 마찬가지고 무엇이든 너무 오래 붙들고 있으면 집착이 된다. 아니다, 다

시 철학을 생각하자. 어떻게든 나의 일상을 반복적으로 지배하는 그 습관적 일상에 대해 모래알만큼이라도 그보다 작은 먼지만큼이라도 아주 조금씩 문제제기하고 그것으로부터 자유로울 수 있다면 변화할 수 있다면 그것이야말로 철학 아닌가. 철학은 반복적인 일상에 대해 울리는 일단의 경종이 아닐까. 시가 좀처럼 할 수 없는 일도 있다. **모든 철학이 이른바 일상의 철학, 즉 삶의 철학이 되는 순간 아니겠는가.** 낯익음에서 낯섦의 세계로 들어가는 것 아니겠는가. 퇴직 이후의 다른 길 같은 것. 불안 같은 것. 두려움 같은 것. 그러나 또 뭔가 어색하고 새로운 것. 저쪽을 뭔가 다르게 보는 것. 혼자됨으로써 자유라는 것. 돌아설 수 있다는 것. 뿌리칠 수 있다는 것. 방황할 수 있다는 것. 시만 써도 된다는 것. 24시간 일할 수 있다는 것. 남의 시선 따위 신경 쓸 일 없다는 것. 네가 누구인가보다 나는 누구인가 되물을 수 있다는 것. 개인이 될 수 있다는 것. 공지사항 같은 것 찾아볼 일 없다는 것. 어떤 강박증에서 벗어나도 된다는 것. 그 보편적 혹은 평균적 이해로부터 벗어날 수 있다는 것. 가장 깊은 곳에 있는 내가 이해했던 것들을 오해했던 것들을 그 뿌리를 한 오라기라도 또 한 오라기라도 뽑아낼 수 있다는 것. 가령, 우물의 저 밑바닥까지 생각할 수 있다는 것….

나는 무엇을 반복하고 있는 걸까

나는 시인일까. 시집 몇 권 냈다고 시인일까. 문청시절을 겪었고 문단 데뷔하고 나서 나는 시인이 된 것일까. 모 잡지에 시를 투고하고 당선되고 시 여섯 편을 발표하면서 작품 활동을 시작했다고 시인이 된 것일까. 나는 시인일까. 한때 술 마시고 돌아다닐 땐, 카운터에서 카드 결제하면서 나는 가짜가 아니다, 나는 가짜가 아니다, 왜 카운터 앞에서 그랬을까. 왜 나는 똑같은 말을 반복했을까. 왜 내가 나서서 가짜가 아니라고 말했을까. 어떤 환상에 사로잡혔다는 걸까. 어떤 우상에 사로잡혔다는 걸까. 그것은 뭘까. 그것은 누구의 것일까. 그것은 또 누구의 언어였을까. 나는 어디서 그런 걸 배웠을까. 나는 왜 진짜를 의심하지 않았을까. 나는 왜 나 자신을 한 번도 부정하지 않았을까. 나는 정말 진짜 시인일까. 나는 가짜가 아닐까. 나는 왜 가짜 시인이라는 말을 한 번도 못했을까. 나는 왜 등단하자마자 작가회의 사무실로 뛰어갔을까. 작가회의에 뭐가 있다고 시위를 떠난 화살처럼 날아갔을까. 문청 때 왜 술 마시면 창비로 데뷔할 거라고 큰소리를 쳤을까. 왜 창비를 입에 달고 살았을까. 창비가 친정집이라도 되는가. 다시, 나는 창비 출신일까. 나는 작가회의 회원일까. 나는 시인일까. 나는 가짜가 아닐까. 문우들은 나를 창비 서자라고 하는데 나는 아직도 창비 시인일까. **나는 무엇을 그렇게 반복하고 있다는 걸까.** 그 반복도 어떤 관념이 아닐까. 그 관념은 무엇일까. 그 관념보다 좀 더 큰 관념은 또 무엇일까. 일자로 쭉 뻗은 그 끝에 뭐가 있을까. 그것은 무엇일. 그것이 예컨대 무슨 금자탑이라도 되는 걸까. 나는 왜 범생이처럼 살고, 예컨대 왜 진성 당원처럼 정치적 노선을 한 번도 바꾸지 않았을까. 나는 왜 가짜가 되지 못했을까. 나는 과연 진짜 시인일까. 나는 어제도 오늘도 도대체 무엇을 반복하고 있다는 걸까?

독립 시인

나는 독립 시인인가. 그것보다 나는 독립했는가. 나는 독립적인 삶을 살고 있는가. 나는 독립 시인인가. 잠시 나는 전업 시인인가? 하고 묻는 것과 같다. 나는 한국인인가 묻는 것과 같다. 아닌가, 나는 독립했는가. 나는 무엇으로부터 독립해야 하는가. 나는 독립 국가의 시민인가. 혼자 시를 쓰는 것만 해도 독립했다는 것인가. 고립무원은 독립인가. 혼술이 독립인가. 혼삶이 독립인가. 독방에 사는 게 독립인가. 혼자 산책하는 게 독립인가. 새벽 세 시에 창밖을 내다보는 게 독립인가. 일탈이 독립인가. 저항하는 자가 독립인가. 불완전한 것이 독립인가. **고정관념에 사로잡히지 않는 것이야말로 독립인**

가. 나는 독립했는가. 당신은 독립했는가. 지금 여기서 나는 저 가을비의 촉촉한 빗소리처럼 쓸쓸하다는 것인가. 그 쓸쓸함은 독립인가. 자유가 독립인가. 아무것도 모르는 게 독립인가. 논리 이전의 그 무엇이 독립인가. 비현실이 독립인가. 허무주의자가 독립인가. 이게 아닌데 하는 자가 독립인가. 옆에서 쓴소리 하는 자가 독립인가. 침묵하는 자가 독립인가. 불가능한 것은 모두 다 독립인가. 소식하는 자가 독립인가. 면벽하는 자가 독립인가. 헛꿈이 독립인가. 아무것도 하지 않는 자가 독립인가. 무용한 것이 독립인가. 운수납자가 독립인가. 청산유수가 독립인가. 공산무언이 독립인가. 동문서답이 독립인가. 인생무상이 독립인가. 즉심즉불이 독립인가. 백척간두가 독립인가. 자유여행이 독립인가. 자립만이 독립인가. 텔레비전 보면서 혼밥 하는 게 독립인가. 제 먹을 밥을 제 손으로 해먹는 게 독립인가. 알바하면서 먹고 사는 게 독립인가. 메이저 출판사 기웃대지 않고 독자적으로 시집 내는 게 독립인가. 자비 출판이 독립인가. 무엇이 독립인가. 여/남친 없이 사는 게 독립인가. 늙어도 늙지 않는 게 독립인가. 틀을 깨는 게 독립인가. 아웃사이더가 독립 아닌가. 시를 읽지 않는 자가 독립인가. 아무도 모르게 절필한 시인이 독립인가.

저녁 일곱 시

저녁 일곱 시쯤 되면 하루가 기우는 것 같다. 전기현의 〈세상의 모든 음악〉 2부 시작될 때쯤 하루가 기울어지는 것 같다. 하루는 그렇게 기울어지듯 저무는 것 같다. 저녁을 먹듯이 오늘 저녁을 받아쓴다. 어제와 같은 식탁에서 같은 자리에서 밥을 먹으면서 다만 오늘 저녁은 오늘의 날씨와 에세이를 생각한다. 아니다, 오늘의 에세이를 생각하는 게 아니라 오늘의 에세이를 비워내는 중이다. 이렇게 비울 때마다 나는 또 새로워진다. 비운다는 것도 일단은 부정하는 것이다. 부정적 태도도 일단은 잠시나마 결별의 순간이다. 결별은 어제와의 결별이고 오늘과도 결별이다. 결별은 익숙함으로부터 손절이다. 익숙함은 습관이다. 습관이 쌓이면 관습이다. 그것에 길들여지게 되면 익숙하게 된다. 뭐든지 익숙하게 되면 속고 살게 된다. 한 번 속으면 두 번 속게 된다. 한 두어 번 속게 되면 이젠 빠져나올 수가 없다. 아니다, 한 번 속지 두 번 속겠냐. 그게 맞다. 우선 속지 말자. 그리고 깨끗하게 결별하자. 저녁 일곱 시는 그런 생각을 하기에 참 좋은 시간대라고 할 수 있다. 계절이 가을이라 그런 것도 같다. **저무는 시각엔 또 이렇게 사유의 보고가 스르르 열린다.** 한편 좀 불편해야 한다. 너무 편하면 가라앉게 된다. 긍정적인 게 쌓이게 된다. 그것도 습관이 된다. 삶은 발견인 면도 있지만 창의적인 면도 있다. 창의나 발명은 발상의 전환이다. 오래전 직장에서 키다리 책상을 뚝딱 뚝딱 만들어주던 맥가이버 쌤이 있었다. 지금은 사무실이나 학교에 두루 비치되었지만 스탠딩 데스크라는 것도 발상의 전환이다. 학교나 사무실에 더 빨리 더 많이 공급되어야 할 비품 중 하나라고 생각한다. 발상의 전환도 반복적인 그 익숙함으로부터 탈출일 것이다. 즐거움의 순간일 것이다. 『창문 넘어 도망친 100세 노인』(요나스 요나손)도 있는데 두려워할 것 없으리라.

4부

사회적 목적

미국 시사 주간지 유에스 뉴스 앤드 월드 리포트는 2024 세계 최고의 국가Best Countries 순위를 발표했다. 우리나라는 국력 6위, 문화 영향력 7위, 기업가 정신 7위 등은 상위였지만 **사회적 목적 42위**, 사업 개방도 70위 등 하위권으로 전체 순위 18위였다. 1위 스위스, 사업 개방도 2위, 삶의 질 3위, 기업가 정신 5위. 2위 일본, 기업가 정신 3위, 문화 영향력 5위, 국력 8위였다. 미국 3위, 캐나다 4위, 호주 5위, 스웨덴 6위, 독일 7위, 영국 8위, 뉴질랜드 9위, 덴마크 10위였다. 사회적 목적 1위는 덴마크였다. 머니투데이(2024.10.27)

인제양양터널

침묵의 구간이다. 서울양양고속도로 중 10.962m(양양 방향) 우리나라에서 최장 터널이다. 터널은 말이 없다. 그때 에 프엠 라디오에서 아쟁(?) 연주곡 〈세노야〉 흐른다. 낮게 흐른다. 한 번 더 흐른다. 터널은 묵음이다. 그때 어제 L 형에게 보냈던 문자메시지 답 문자가 도착한다. '내복을 입을까 말까 하며 지냅니다.ㅎㅎ' 나도 답 문자를 남긴다. '눈 닿는 곳마다 단풍이 들까 말까 합니다.ㅋㅋ' 이 침묵을 지나자 이번엔 바흐 〈환상의 폴로네이즈〉 나온다. 침묵이 아니라 아예 입틀막이다. 선친 기제사 지내려고 가는 중이라 그런지 말수가 더 줄었다. 또 우환이라도 있으면 입을 더 다물게 된다. 이럴 땐 어두운 터널이 고맙다. 휙휙 지나가는 강원도의 낯익은 산들이 가슴에 툭 닿는다. 저 산은 말이 없고 저 산은 등 뒤에서 나를 부른다. 나는 그대를 두고 간다. 저 산은 저쯤에 두고 나는 견딜 수밖에 없다. 삶은 견디는 것. 삶은 견딜 수밖에 없는 것. 아아 견딜 수 없는 것도 있다네. 가자. 터널 속에서 못 받은 부재 중 전화가 한 통 찍혔다.(각현) "아픈 데 없소?"

읍내 어느 한식당 앞을 지나는데 중년 남녀 여덟 명이 식탁을 가운데 두고 식사 하고 난 다음 담소 중이었다. 얼핏 보면 초등학교 반창회 모임 같다. 아님, 형제 내외간 저녁 회식인가. 정겹다. 오늘은 이런 정경이 눈에 띈다. 보기 좋다. 입에 담배를 문 청년이 어두운 골목 끝의 고양이를 부른다. "뽀꼬야 뽀꼬야" 누군가를 간절히 부르는 소리가 하늘의 별처럼 빛났다. 정겹다. 하늘을 쳐다보았다. 저 별도 이 밤에 누군가를 부르는 것만 같다. 저 별은 저 하늘 끝에 쿡 찔러 넣고 나는 또 견딜 수밖에 없다. 삶은 견디는 것. 삶은 견딜 수밖에 없는 것. 때론 혼자서 견뎌야만 할 것! 그대는 누구의 이름을 간절히 부르고 싶은가.

터닝 포인트

시가 아니라 시라고 할 수 없는 것들을 갖다가 시를 써야 하는 것 아닌가. 시라고 했던 것들을 다 갖다 버리고 아주 사소하고 시시한 것들을 갖다가 시를 써야 하는 것 아닌가. 아닌가. 삶이라는 것도 지금까지의 삶이 아니라 삶이라고 할 수 없던 것들을 갖다 살아야 하지 않을까. 지금까지 살았던 삶이라는 것들을 죄다 갖다 버리고 모호하고 애매하고 자꾸만 망설이던 것들을 갖다가 살아야 하지 않을까. 그의 삶이 그의 시가 되고 그의 시가 그의 삶이 된다면 그래야 하지 않겠는가. 시가 드디어 알몸이 되는 순간 아니겠는가. 삶이 알몸이 되는 순간 아니겠는가. 늙어서도 혹은 퇴직하고 나서도 유니폼을 입고 다닐 순 없지 않은가. 전역을 했는데도 계급장 달린 군복을 입고 어디를 다니겠다는 것인가. 군복 입었을 때 그때 그 소명을 다하는 것이 군복의 의미일 것이다. 제복의 의미도 그 제복을 입었을 때일 것이다. 지위 고하를 막론하고 직책이나 직위라는 것도 그런 것 아닌가. 그 자리에 있을 때 그 자리에서 신명을 다 바쳐야 하는 것 아닌가. 그럼에도 불구하고 유니폼은 유니폼일 뿐이다. 유니폼은 알몸이 아니다. 물론 유니폼을 입고 그라운드를 누벼야 할 땐 유니폼을 입고 그라운드를 뛰어다녀야 할 것이다. 그러나 유니폼은 유니폼일 뿐이다. 유니폼이나 제복은 알몸이 아니다. 껍데기일 뿐이다. 그러나 유니폼도 제복도 생각보다 무겁고 복잡하다. 시가 늙어서도 입고 있는 제복과 같은 행색이라면 제복을 벗어야 하는가. 시를 벗어야 하는가. 시가 고민해야 할 부분이다. 문제는 당신이 아니라 내가 고민해야 할 부분이다. 무엇을 입고 있는가. 무엇을 벗어야 하겠는가. 그렇다고 다 벗고 뛸 순 없지 않은가. 어디까지 입고 어디까지 벗어야 하겠는가. 곧이곧대로 특히 배운 대로 말고 쫌 틀리게 말할 줄도 알고 또 그렇게 살아낼 줄도 알아야 하는 것 아닌가. 아 카오스를 향하여 가자. 이탈하라. 일탈하라.

조금 더 멀리

조금 더 멀리 가면 어떨까. 저 담장을 넘으면 어떻게 될까. 이 자리를 폭파시키면 어떻게 되는 걸까. 남의 집 담장을 넘으면 어떻게 되는 걸까. 내 친구는 어떻게 학교를 때려치웠을까. 그가 학교 담장을 넘었을 때 그는 담장만 붕괴시킨 것이 아니라 우리들의 가슴도 붕괴시켜 버렸다. 적어도 사춘기 나의 가슴은 일정 부분 붕괴되었다. 그때 나는 고2였지만 종교적인 문제를 떠나 그를 심정적으로 지지하고 있었다. 그는 떠났지만 나의 불안은 시작되었다. 저 담장은 넘지 못할 만큼 높은 장벽도 아니었다. 물론 친구의 뒤를 따르는 자는 없었지만 높은 담장엔 친구가 뚫고 나간 것만큼의 구멍이 하나 뚫렸다. 그 구멍은 다른 곳을 보게 되는 하나의 숨통이었다. 그 숨구멍은 담장을 넘지 못한 자들의 사유의 창이 되기도 하였다. **그 구멍을 통해 조금 더 멀리 바라볼 수 있었다.** 그 구멍을 통해 조금 더 깊이 생각할 수 있었다. 구멍은 또 그런 것이었다. 그의 빈자리는 충분히 당혹스러웠다. 그의 방황은 우리를 잠시나마 당황하게 하였지만 그보다 그로 하여금 저 견고한 담장을 잠시나마 뒤흔들어볼 수 있었던 것이다. 조금 더 흔들어볼 수 있었다. 저 담장은 다시 멀쩡한 담장이 되었겠지만 한 번 뚫린 담장은 그 담장 너머를 생각하게 하는 작은 통로가 되었다. 오랜 세월이 흘러 우연히 그를 생각할 수 있게 된 영화를 만났다.

　"나는 왜 〈어 히든 라이프〉 영화 보는 2시간 53분 내내/ 나치의 징집을 거부한 오스트리아 남자 프란츠보다/ 오십 년 전 그 친구를 생각하고/ 또 이 시를 쓰면서 왜 오십 년도 지난 일을 꺼내놓는가" (…중략…) "그때 경례를 거부하던 친구의 손보다 거수경례하던 우리들의 손이/ 왜 더 무거웠을까?/ 아님 내 손만 아주 조금 무거웠던 걸까?/ 그날 교문을 빠져나가던 친구의 뒷모습을 본 사람은 누가 또 있었을까?"(졸시, 「그때 이런 일이 있었다」)

새로운 것 혹은 다른 것

새로운 것은 무엇인가. 다른 것은 또 무엇인가. 새롭고 다른 것은 낯선 것인가. 낯선 것은 무엇인가. 낯선 것은 어떤 것과의 거리감인가. 어떤 것은 무엇인가. 어떤 중심에서 벗어난 것인가. 중심은 무엇인가. 중심에 있는 게 무엇인가. 이 세계의 중심에 있는 게 무엇인가. 이 삶의 중심에 있다는 게 무엇인가. 그 중심에서 벗어나면 무엇이 있는가. 그곳은 어디에 있는가. 새로운 것과 다른 것은 그곳에 있는가. 새로운 것과 다른 것은 이곳엔 없는 것인가. 이곳은 무엇인가. 이곳을 벗어나야 그곳에 갈 수 있는가. 시는 이곳이 아니라 저곳에 있는가. 저곳을 무엇이라 불러야 하는가. 이곳과 저곳 사이에 무엇이 있는가. 그 틈엔 도대체 무엇이 있다는 것일까. 그 틈에 시가 끼여 있다는 걸까. 택배 박스 틈에 끼여 있는 빵빵한 공기 비닐 팩 같은 것일까. 시가 고작 그런 것일까. 그게 그렇게 새롭고 다른 것일까. 어느 틈새에 끼여 있는 게, 시라는 걸까. 시는 이 세계와 독자 사이에 끼여 있는 조그만 공간일까. 공백일까. 시는 그곳에 깃발을 꽂은 걸까. 그곳이 그렇게 새롭고 다른 곳이라는 걸까. 그 공간이나 공백에서 무엇을 할 수 있다는 걸까. 앗! 아무것도 하지 않고 잠시 낯선 공간이 되는 걸까. 낯선 공간이 그곳인가. 낯선 공간이 공백이라는 것인가. 그곳은 고립의 세계인가. 고독의 세계인가. 시는 그곳에 있는가. 그곳은 무거운 곳인가. 가벼운 곳인가. 그곳은 도저히 참을 수 없는 그 무엇인가. 차마 견딜 수 없는 곳인가. **견딜 만한 곳인가.** 시의 세계인가. 삶의 세계인가. 허구의 세계인가. 언어의 세계인가. 앗! 그곳은 순응과 수긍의 세계가 아니라 거부와 저항의 세계인가. 다른 것은 새로운 것인가. 삐딱한 것은 다른 것인가, 새로운 것인가.

시인의 말

어제 택배 박스로 받은 신작 시집의 표2 '시인의 말'을 그대로 긁어오려고 한다. 아직 읽지 않은 독자보다 페이스 북이든 인터넷 등지의 책 소개 코너에서 어쩌다 읽었을 것만 같은 소수의 독자들과 함께 잠시 쉬었다 가자. 많은 시집에서 실은 시집의 앞이나 뒤에 자리 잡은 시인의 말은 앉지도 서지도 못하고 엉거주춤할 때가 많다. 그러나 또 시인의 말은 시인의 속살 같을 때도 있다. 그러나 한 번쯤 텅 비워둔 '시인의 말'을 쓰고 싶었고 읽고 싶었다. 그러나 지금 어디선가 시인의 말을 썼다가 천천히 지우는 '시인의 말'도 있을 것 같다. 어느 선배 시인은 술 한 잔 마시고 시인의 말을 쓰고 싶다고 했지만 끝내 실행하지 못한 것 같다. 나는 어쩌다 매번 정색한 것만 같다. 왜 시인의 말 앞에서 흐트러지거나 비틀거리지 못했을까. 왜 횡설수설하지 못했을까. 시집을 탈고하고 출판사에 원고를 넘기고 난 다음 그 어떤 시차나 거리감 때문이었을까. 그새 좀 객관적 입장이라도 됐다는 걸까. 왜 그렇게 진지했을까. 왜 좀 가볍게 농담 하나 던지지 못했을까. 왜 두어 줄로 요약하지 못했을까. 그렇다면 시인의 말은 시인의 말이 아니다. 용서하라. 이젠 이 말도 누추하고 어느 지역의 방언 같다. 시인의 언어도 어느새 소수의 언어가 되고 말았다.

"퇴직 이후 밥 먹고 시만 쓰면서 살았다. 심지어 꿈속에서도 썼다. 그럼에도 불구하고 밑 빠진 독에 물 붓기가 아닌지 생각할 때가 많았다. 그게 또 무슨 획기적인 것도 아니고 혁명적인 것도 아니고 고작 자기 삶의 기록이거나 시에 대한 사적인 사유 정도일 텐데, 나는 끝없이 또 끊임없이 반복하고 있었다. 아무리 멋있게 말해도 한심한 어느 타이피스트의 자기만족이나 자기 위안에 지나지 않을 것이다. 말은 이렇게 하더라도 버스 지나간 뒤에 혼자 손들고 있는 것 같다."(강세환)

시와 로또

아침에 기상하여 잠자리에 들 때까지 1인극 같은 일상이다. 자막 한 줄 없이 휙 지나갈 때도 있다. 하루가 저물 때 자기 앞에 되비친 스크린을 보라. 스크린에 비친 각자의 삶이야말로 시가 되고 철학이 되는 것이다. 때로는 음악이 되고 춤이 될 것이다. 하루하루가 그만큼 숭고하고 위대하다. 그래도 어렵겠지만 어제보다 좀 더 창의적으로 살자. 소식 좀 하고 산책도 하자. 봉사활동도 하자. 한 달에 시집 한 권 읽지 않아도 노자 한 구절 읽어보자. 노자 도덕경 영역본도 구해서 한 줄 읽어보자. 단 1분이라도 고요히 앉아 집중하자. 이렇게 살아도 저렇게 살아도 회한이 들 수밖에 없겠지만 그게 또 인생이겠지만 좀 다른 길도 가보자. 모 아니면 도라고 했던가. 때론 꿈 밖이거나 때론 꿈속일 것이다. 속거나 속지 않고 하루를 살았다는 것 아닌가. 그러나 생의 한가운데는 또 결핍이거나 오작동하는 순간일 것이다. 그 삶의 한순간이 시일 것이다. 시도 결국 삶의 한순간일 것이다. 아니다, 그것은 시가 아니다. 다시, 꿈속에서도 꿈 밖에서도 손에 덥석 잡히지 않는 게 또 시일 것이다. **시가 현실적인 것으로부터 시작하여 비현실적인 것으로 이동하는 것 같다.** 아님 비현실과 현실의 영역을 왔다갔다하는 것. 그 징검다리 위에서 사건 혹은 사물 하나가 되는 것. 금욜 오후, 온수골 사거리에서 마들역 방향으로 길게 늘어선 로또 행렬을 보라. 누구는 시를 쓰고 누구는 로또를 산다. 다들 뭔가 조금씩 어떤 증상을 겪고 있거나 견디고 있다. 그 틈바구니에 시가 슬금슬금 서식할 것이다. 그곳에 로또가 스멀스멀 기어 다닐 것이다. 시도 로또도 맨정신이라 해도 어딘가 좀 취했을 것이다. 시는 로또의 세계와 별개라 해도 도박의 세계와 근친간일 것이다. 또 시인은 모름지기 생을 회의하고 시조차 회의하는 자일 것이다. 그들은 언제 어디서든 삶이나 시에서 다른 문법을 생각하고 있기 때문이다.

문학사도 없고 역사도 없는 시대를 이 공백의 시대를 살아내야 한다는 것

문학사도 없고 역사도 없는 시대를 이 공백의 시대를 살아내야 한다는 것은 무엇인가. 그러나 지금은 문학사도 죽었고 역사도 죽었다. 문학사나 역사를 논하는 이조차 없다. 문학사도 역사도 없는 시대는 어떤 것일까. 마치 무주공산 같을 것이다. 소명도 없고 사명도 없을 것이다. 역사의식도 없다는 것이다. 깊이 생각할 것이 없다는 것이다. 그냥 문학도 역사도 적당히 굴러가면 되는 것이고 적당히 또 굴러간다. 그냥 형식과 제도만 남아서 반복적으로 돌아가고 있는 것이다. 오오 역사와 문학사를 대신하는 제도와 형식이여 그대가 이제는 역사가 되었고 문학사가 되었다. 오오 빛나는 제도여 형식이여, 영원히 존재하라. 아니다, 그보다 형식과 제도가 뛰어난 초고속의 인터넷이 있다. 지금은 인터넷이 역사일 것이고 문학사일 것이다. 역사와 문학사가 붕괴된 그 자리에 스마트폰과 인터넷이 들어왔다. 그들이 역사를 증언할 것이고 문학사를 기록할 것이다. 아닌가. 그러나 이제는 인터넷도 아닐 것이다. **인공지능을 기반으로 인간처럼 생각하고 행동할 수 있는 로봇, 즉 휴머노이드 시대가 도래하였다.** 오늘 새벽 연합뉴스(2024.10.30)에 따르면 테슬라 최고경영자 일론 머스크는 향후 휴머노이드가 사람보다 더 많아질 것이라고 전망하였다. 그 수가 무려 100억 개가 넘는다고 한다면 지구는 그들에 의해 돌아갈 것이다. 또 일본 소프트뱅크 그룹 손정의 회장은 2035년이면 인간의 뇌보다 1만 배 뛰어난 초인공지능이 나올 것이라고 그 청사진을 내놓았다. 지금은 문학사나 역사를 논할 때가 아니다. 인간의 역사나 시인들의 문학사는 초인공지능artificial super intelligence, ASI에 의해 좌우될 것이다. 역사와 문학사의 몰락은 이미 시작되었다. 이미 그런 시대가 이 시대보다 먼저 도래하고 있을 것이다. '역사는 사라졌다는데 역사는 왜 반복되는 걸까'(졸시, 「역사와 슬픔은 왜 반복되는 걸까」).

어디서 무엇과 작별해야 하는가

어디서 무엇과 작별해야 하는가. 우선 어제와 작별하자. 오늘 아침에 먹었던 계란 프라이와 고구마 두어 개도 작별하자. 간밤의 꿈에서 만났던 문우 L도 작별하자. 나는 지금 꿈 밖에 나와 있다. 그는 유럽 여행을 가자고 나를 끌어당겼다. 1980년대 끝자락 작가회의에서 만났던 낯익은 문우들도 보였다. 꿈이 생시보다 더 생시 같았다. 어제 오후 고모리 김종삼 시비 뒤 저수지 둘레 길도 작별하자. 어제 느닷없이 만났던 굵은 빗방울도 작별하자. 국내 정치도 작별하자. 작별한 것을 또 작별하자. 그럼, 작별하고 나면 무엇이 남는가. 이게 그 맨바닥 같은 공백이란 말인가. 이게 그 픽션의 세계라는 것

인가. 다시 한 번 작별하고 남은 것에 대한 그 재고찰만 남았다는 것인가. 자, 그럼, 오늘은 오늘의 에세이만 집중하자. 그래도 방금 뜬 창비 어플리케이션 '시요일'은 읽고 또 작별을 이어가자. "흰색은 모든 색을 살려주는 색이라니까 살아보자고/ 색을 산 건 아니니까 색 갖고 힘쓰진 말자"(이진명, 「젠장, 이런 식으로 꽃을 사나」). 조금 전까지만 해도 생각지 못했던 일이다. 오래전 대학로에서 어느 시인 출판기념회 끝에 맥주 한잔했던 기억이 있다. 기억을 쓴 건 아니니까 기억을 갖고 애쓰진 말자. 아 또 무엇을 작별해야 하나. 기억도 작별하자. 정의도 작별하자. 광장도 작별하자. 어제의 광장도 오늘의 광장도 작별하자. 차라리 비정상적인 것만 남기고 정상적인 것도 작별하자. 진보도 천천히 작별할 것은 작별해야 하겠지만 일단 보수적인 것으로부터 작별하자. 통념도 환상도 작별하자. 내 안의 오래된 어떤 틀도 작별하자. 여기저기 쳐놓은 그물도 작별하자. 끄달리지 말자. 이것을 작별하자. 저것도 작별하자. 내가 그동안 배웠던 것들을 반복하지 말고 하나씩 작별하자. 작별은 또 다른 삶의 시작이다. 다른 삶을 살아야 다른 삶을 살 수 있는 것 아니겠는가. 작별은 또 새로운 삶의 시작일 것이다. 새로운 삶도 그렇게 시작된다. 작별과 새로운 시작 사이엔 또 뭔가 싹트고 있다. 그것을 보자.

맹목적인 것과 무목적인 것

바로 앞에서 그동안 배웠던 것들을 반복하는 것이야말로 맹목적인 것 아닌가. 헤매지 않는 것이야말로 맹목적인 것 아닌가. 헤매는 것도 반복하면 맹목이 되는가. 무목적적인 것은 무엇인가. 무목적으로 헤매는 것은 무엇인가. 어떻게 헤매고 다니는 것인가. 무목적은 무엇인가. 중심에 있지 않은 것 아닐까. 무용한 것 아닐까. 자발적인 것 아닐까. 부정하고 또 부정하는 자가 헤매는 것 아닐까. 샛길로 새는 자 아닐까. 누군가 쭈욱 그어놓은 선을 밟은 자 아닐까. 마침내 선을 넘은 자 아닐까. 아무 대가없이 털어놓은 자 아닐까. 헤매는 자는 내비도 매뉴얼도 없다. 그들은 지도를 쳐다보지 않을 것이다.

그들은 지도를 의심하는 자일 것이다. 그들은 새로운 것보다 다른 것을 찾아 나섰을 것이다. 뭔가 다르게 뭔가 좀 다르게 하고 싶었을 것이다. 바로 거기서부터 맹목적인 것은 차츰차츰 간극이 생기고 그 간극으로부터 무목적인 것이 싹틀 것이다. 또 무목적은 기승전결이 따로 존재하지 않는다. 애증도 존재하지 않는다. 집도 절도 없다. **무목적은 계급장 등등 다 떼고 무목적만 남은 것이다.** 헤매는 것도 헤매는 것만 남을 뿐이다. 목적은 여기다 두고 오직 헤매는 것이 무목적일 것이다. 맹목적인 것은 의심도 없지만 질문도 없다. 굳이 무엇을 캐물을 것도 없이 가는 것이다, 그냥 쭉 가는 것이다. 청량리에서 강릉역까지 쭈욱 가는 것이다. 그러나 무목적은 길 없는 길 위에 있다. 시의 길이다. 시인의 길이다. 가지 않은 길이다. 끝까지 알 수 없는 길이다. 무목적의 길은 단숨에 뛸 수 있는 길이 아니다. 마라톤처럼 오랜 세월을 쏟아 부어야 한다. 모든 것을 걸어야 한다. 그럼에도 불구하고 무목적은 오직 무목적적일 뿐이다. 나도 너도 우리는 이미 황야를 헤매고 다니는지도 모른다. 황야에선 길을 묻는 자도 길을 가리키는 자도 없다. 황야엔 또 황야만 있을 뿐이다. 좀 복잡하겠지만 시의 길도 그러할 것이다.

단순한 삶

세상은 단순하다. 내가 복잡한 것이다. 아니다, 세상은 복잡하다. 나는 단순하다. 머리가 아니라 마음으로 생각하면 단순해진다. 머리는 복잡하고 마음은 단순한가. 그게 아니라 세상은 복잡하지도 무겁지도 않은데 시인만 복잡하고 무거운 것 아닌가. 시인은 얼마만큼 무겁고 복잡한 것인가. 시인의 삶은 단순하지 않은 것인가. 시인의 가슴은 어디까지 뻗어 있다는 것인가. 시인의 감수성은 어디까지 뻗어 있다는 것인가. 시인의 가슴은 왜 복잡하고 무거운 것인가. 대학 1학년일 때 내 등 뒤에서 뾰족한 송곳 같은 한 마디가 들렸다. 저 친구는 세상의 고민을 다 짊어진 것 같다. 나는 왜 무거운 돌 하나를 더

짊어지고 다녔을까. 여린 탓이었을까. 또 몇 해 전 수락산 먹
자골목에서 여류 시인들과 차 한 잔 마셨다. 많은 얘기 나누
던 끝에 학생 때 운동권이었다는 한 여류는 나더러 마치 전
향하지 않은 자 같다고 하였다. 나는 왜 그런 말을 들어야 했
을까. 좋은 것일까, 나쁜 것일까. 나는 언제쯤 더 늙게 될 것인
가. 나의 청춘은 언제쯤 저물게 되는 걸까. 시를 쓰다 보면 늙
지도 않고 청춘은 저물 날도 없는 것인가. 아무튼 저 위의 두
개의 일화는 내가 더 언급할 일이 아닌 것 같다. 다만, 나는
여기저기 기워 입은 유니폼을 입고 있었던 것 같다. 앞에서도
언급했지만 나는 이제 유니폼을 벗어야 한다. **구단은 이미 해
체되었고 등 번호도 이제 내 번호가 아니다.** 늦었지만 현타 하
고 유니폼을 벗어야 한다. 알몸이 드러날 때까지 말이다. 나
는 내가 아니었던 것들이 무엇인지 알고 싶다. 그것이 알고 싶
다. 그러나 나는 그것을 알고 있다. 그것을 무엇이라고 하는
지 알고 싶다. 나는 그것을 무엇이라 하는지 알고 있다. 나는
사회적 타성이나 제도와 싸우지도 못하고 고작 그 사회의 거
품집과 싸운 꼴이 되었다. 나는 장렬한 패배자가 아니라 제
대로 싸우지도 못한 아주 보잘것없는 실패한 자였다. 아 말을
타고 달릴 수도 없고 내릴 수도 없었다. 진퇴양난이다. 우울
한 날들이 또 복잡한 생각들이 지속될 것만 같다.

시보다 시적인 것을 위하여

시적인 것은 시가 되는 바로 그 직전일 것이다. 아니다, 시가 되는 바로 그 짧은 순간일 것이다. 그 순간이 시적일 것이다. 이게 바로 시야! 말하는 그 한순간 말이다. 시가 완성되기 바로 그 직전 말이다. 아니다, 시가 완성된 바로 그 순간일 것이다. 그리고 시적인 것은 규범이 없다. 규범이 있으면 시적인 것이 아니다. 시적인 것은 시가 되고 나면 시보다 먼저 소멸되는 것이다. 그래서 어떤 텍스트처럼 정해놓은 규범이나 문법이 없다. 그런 것이 있다면 시적인 것이 아니다. 차라리 관습적 인식이나 통념은 시의 범주에 속할 것이다. 시적인 것은 시적 우상으로부터 이탈한 것이다. 시적인 것은 시의 권력으로부터 멀어진 망명자이며 불법체류자이며 잡범인 셈이다. 무소속이며 또 비현실적인 셈이다. 혼자서 만든 개별적 규범이며 혼자 급하게 먹고 버려야 하는 컵라면 같은 것이다. 예컨대 일회용 소모품 같은 것이다. 시적인 것은 시보다 자유롭다. 시적인 것은 그때그때 생산하고 청산하면 된다. 시가 되고 나서 바로 폐기하면 된다. 시적인 것은 도저히 반복할 수도 없다. 그리하여 긍정보다 부정성에 깃발을 꽂을 때가 많다. 제 허벅지에 펜 끝을 갖다 댈 수밖에 없다. 시적인 것은 기성 문법을 붕괴시키는 모험에 가깝다. 매우 사소하고 시시하고 또 매우 자전적인 것이다. **그리하여 시적인 것은 종종 혼자서 이탈하거나 일탈할 때가 많다.** 그만큼 불안하거나 위험하거나 외톨이일 때가 많다는 것이다. 이즈음 자기 보따리를 풀어놓고 한번 뒤집어볼 필요가 있다. 오늘 아침 텅 빈 마당을 바라보듯 각자 자기 시의 향방을 짐작해 볼 필요가 있다. 자기 검열이다. 삶도 마찬가지다. 내가 무엇을 반복하고 있는지 들여다 볼 필요가 있다. 선방의 언어로 말하면 화광반조일 것이다. 시의 규범 안에서 통용되던 문법으로부터의 일종의 균열이기 때문이다. 시적인 것은 어떤 견고한 규범으로부터의 독립일 것이다. 그럼에도 불구하고 시적인 것은 어떤 규범이나 문법을 재생산하지 않는다.

2024년 11월 2일 혹은 파편들

성동구 금호산에서 만난 짙은 노을, 한쪽 옆구리만 보이는 한강, 정차된 마을버스, 불 켜진 남산 타워, 맨발걷기 하던 노부부, 조금 더 멀리 보이는 북악산, 저녁 산책, 아래쪽으로 쭉 내려간 긴 골목길, 아파트, 뼈 감자탕, 외딴 집, 통념, 기성 문법 혹은 반복하던 것, 체제적인 것과 반체제적인 것, 7호선 지하철, 나무 데크 계단, 한숨, 고독한 산책, 어둠의 집, 남의 집 옥상, 빈 테이블 닦고 있던 식당 알바생, 러시아워 같던 오후 두 시의 군자역, 딱 반 발짝 앞에서 놓친 지하철 5호선, 스크린 도어에 붙어 있는 시, 눈에 하나도 들어오지 않던 시, 소위 근본개념에 대한 대립적 태도, 11월의 핫팬츠, 저 내리막길의 끝, 아파트 아파트 아파트, 불 켜진 창, 문 닫은 식당, 인증 샷 한 컷, 공원 끝에서 구구단 같은 걸 외우던 노인, 한눈에 들어오던 신라호텔, 저녁녘의 나무들, 한적한 뒷산 길, 다 용서했다면서 왜 미워하던 자를 한 번 더 미워하게 되는가. 혼자 사는 여자, 생각보다 느낌이 모호할 때가 있다, 시보다 시적인 것을 생각하던 오늘 하루, 자리에 먼저 앉은 외국인 청년이 일행들을 향해 환하게 웃는다, 나도 웃고 싶다, 보행기에 의지해 걷던 90도쯤 허리 굽은 노인, 대형교회, 교회 앞의 플래카드, 한낮의 고요, 어둠에 묻히는 시간들, 잡념들….

어제의 분노와 오늘의 각성이 파편처럼 흩어지고 꿈속의 일들이 꿈 밖에서 또 흩어진다. 꿈속에서 만났던 동료들과 헤어졌다. 또 혼자였다, 좀 더 어두워졌고 불 켜진 창이 더 늘었다, 어둠 속에 혼자 있음이 구름이 되고 저 강이 된다, 나무가 되고 저 가느다란 골목길이 된다, 길, 어둠, 호텔, 저녁 산, 허공과 찬 공기와 큰 노을과 노을의 끝과 함께 어둠은 어둠이 된다, 어둠 속에서 어둠은 적막처럼 다시 어둠이 될 것이다, 아무것도 하지 않는 밤이 되는 것이다. 고요함이 되는 것이다.

쓸데없는, 변명 따위 같은 것

뛰어봤자 부처님 손바닥 안이라는 말이 있듯이 나는 어떤 틀을 벗어나지 못했다. 가령, 아버님 기제사만 해도 당숙이나 큰댁에서 지내던 제례 의식으로부터 한 치도 어긋남이 없이 그대로 반복하고 있다. 아버지의 언어와 아버지의 문법을 그대로 반복하고 있었다. 나는 보고 배운 것을 그대로 반복하고 있는 셈이다. 다만 코로나 시국을 거치면서 조금씩 어떤 균열이 생기는 것은 알고 있었지만 그 범주에서 크게 벗어나지 못한 것 같다. 보고 배운 그 형식이 습이 되고 습관이 되고 관습이 된다. 그야말로 갈수록 형식만 남게 되는 것 같지만 그 형식이 반복되면서 제도가 되고 그것이 통념이 되고 환상이 된 것이다. 또 초중고 다닐 때 지각이나 결석을 할 수 있는 일인데도 지각이나 결석이 무슨 난리가 난 것처럼 여겼을 것이다. 나는 어디서 그런 것을 배우고 익혔을까. 그러나 고2 때 어떤 틈이 벌어졌다. 한 반나절 가출하듯이 조퇴를 하고 눈여겨 봐두었던 동산 위의 정자에 앉아 도시락을 까먹고 혼자 놀다 하교 시간에 맞춰 귀가하였다. 한순간이었지만 일탈의 맛을 보았고 나름 독자적인 결행이었다. 그러나 나의 이탈은 실패했고 나의 일탈은 다시 얌전한 일상으로 되돌아갔다. 더 이상 이탈도 일탈도 없었다. 나는 다시 어떤 커다란 손안에 들어갔을 것이다. 아마도 내 시도 마찬가지였을 것이다. 내 삶이 그러한데 내 시도 그러하지 않았겠는가. 삶이 곧 시라고 믿었고 시가 곧 삶이라고 믿었기 때문이다. 나는 그 삶도 믿었고 그 시도 믿었다. 그러나 시와 삶에 조금씩 틈이 생기게 되었다. 시와 삶도 종종 어긋날 때가 생겼다. 암튼 그동안 나는 어떤 틈이 아니라 어떤 틀에 크게 사로잡혔었다. 그것도 일종의 강박증자들의 세계였을 것이다. 다 아는 말이지만 '무엇'보다 '어떻게' 쓸 것인가? 하고 툭 치고 나갈 것이다. 나는 어딘가 고정된 관념들을 더 이상 반복하지 않을 것이다.

고정관념의 힘과 허구의 힘

　나는 당신의 당신들의 대역이었다. 나는 당신의 당신에 의한 대역 배우였다. 대본에 나온 대로 등장하고 대본에 나온 대로 퇴장한다. 나는 어쩌면 내 안의 무수한 당신의 당신들의 얼굴 마담인 셈이다. 나는 또 당신이 정해놓은 평균적 삶에 가깝게 살려고 노력했다. 그 평균적 삶은 개인적 삶을 좀처럼 이해하지 않는다. 평균은 생각보다 힘이 세다. 그것도 일종의 권력이다. 아주 견고하며 집단적 권력이다. 거대한 틀이고 거대한 세계다. 평균은 생각보다 광대하다. 그것을 누군가 또 통념이라고 하였다. 개인은 통념 앞에서 또 무참히 무너진다. 통념이라든가 평균은 개인을 억압하는 무기일 것이다. 그것은 때때로 나를 가르치고 나를 억압하는 도구일 것이다. 나는 어딘가 길들여지고 나는 어딘가 거대한 틀에 얽매여 있었다. 그것을 또 제도라든가 관습이라고 하겠지만 그것보다 차라리 언어의 세계라고 말하는 게 더 빠를 것이다. 그야말로 교과서 같은 세계다. 교과서도 커다란 권력의 힘이다. 개인이 흔들어볼 수 있는 힘이 아니다. 그것은 바위보다 더 견고한 고정관념의 세계였다. 좀처럼 무너지지 않는 힘이다. 내가 알고 있는 역사도 그런 세계였다. 내가 알고 있는 현실도 그런 세계다. 내가 알고 있는 시도 그런 세계였다. 그것은 내 것이 아니었다. 그러나 또 그 세계는 허구다. 언어도 허구다. 삶도 무대 위에서의 대역 배우의 연기와 같은 것이다. 모든 관계도 제도도 알고 나면 추상적이며 허구다. 모래 탑과 같은 허구의 세계다. 행복이나 희망이라는 것도 허구의 세계다. **저 고정관념의 세계야말로 알짜만 남은 허구의 세계다.** 내가 알고 있는 역사도 허구의 세계다. 내가 알고 있는 현실도 허구의 세계다. 내가 알고 있는 시도 허구의 세계다. 이것은 내 것이 아니었다. 나는 그때그때 당신의 당신에 의한 당신을 위한 단역 배우였다. 이제 나는 당신의 당신에 의한 것을 부정하고 당신을 위한 것들을 단호히 거부하노라. 당신을 향한 단절의 역사를 시작할 것이다.

5부

나는 누구인가

나는 누구인가. 그것보다 나는 어디에 얽매어 있는가. 아파트 단지 주민인가. 한국인인가. 동양인인가. 퇴직자인가. 작가회의 회원인가. 맏아들인가. 맏사위인가. 시인인가. 창비 출신인가. 큰오빠인가. 사촌형인가. 옛 스승인가. 주말농장 회원 가족인가. 어르신인가. 이 도시의 시민인가. 행인인가. 지인인가. 남편인가. 애비인가. 장인인가. 형부인가. 행락객인가. **내가 무엇에 사로잡혀 있다는 것인가**. 그것은 무엇인가. 그것은 내 것이 아니다. 나는 늦은 산책길을 배회하던 1인일 것이다. 결국 나는 아무것도 아니다. 그것을 또 무엇이라 해야 하는지 모를 뿐이다.

단절 그리고 침묵

무엇을 단절할 것인가. 그리고 어떻게 침묵할 것인가. 침묵
부터 말하면 침묵은 개인적인 것이다. 다 같이 동시에 침묵
하는 경우도 있겠지만 여기서 침묵은 개인적인 것을 말한다.
침묵은 혼자만의 세계다. 침묵이야말로 개인적인 삶의 역량
이다. 침묵은 오롯이 내 것을 챙기는 것이다. 침묵도 또 하나
의 소통 경로이다. 침묵을 두려워하거나 불안해야 할 이유가
없다. 침묵은 과거의 문법이 아니라 현재의 문법이다. 침묵은
모든 것의 시작점이다. 침묵은 오히려 어떤 구호보다 깊고 높
다. 침묵의 순간이 시의 순간이다. 시의 순간은 침묵의 순간
으로부터 비롯된다. 나의 침묵은 나 이외의 것을 잠시 멈추

게 한다. 나 이외의 것을 멈추게 할 수 있는 것은 나의 침묵 밖에 없을 것이다. 이럴 때 나의 침묵은 곧 단절이 될 것이다. 단절은 침묵의 길이다. 바로 위에서 말한 저 고정관념과의 단절도 침묵으로부터 시작되는 것이다. 침묵의 길은 진지한 담론보다 사소하고 개인적인 영역일 것이다. 그러므로 침묵은 개인만큼 다양하고 이루 다 헤아릴 수 없을 만큼 각양각색이다. 그것은 뭔가 반복하는 것으로부터 조금씩 이탈하는 것이다. 아아 이탈하는 것은 또 무엇인가? 그냥 가볍게 또 단절이라고 하자. 단절 그리고 침묵이 아니라 단절과 침묵이라 하자. 단절이 먼저인가. 침묵이 먼저인가. 단절되어야 침묵할 수 있는가. 아니면 침묵해야 단절할 수 있는가. 그렇다면 우선 단절부터 하자. 그렇다면 침묵부터 하자. 또 여기서 시 얘기를 꺼낼 수밖에 없다. **시를 쓰는 순간이 바로 단절이며 동시에 침묵이기 때문이다.** 시는 이른바 기성의 문법으로부터 자유로워야 하기 때문이다. 그렇다면 일단의 자유도 단절과 침묵의 시작일 것이다. 그대는 어디서 단절할 것인가. 그대는 어디서 침묵할 것인가.

시에 관한 사유

　11월이다. 11월은 길가의 은행나무만 봐도 사계 중에서 자기 색깔이 뚜렷한 달인 것 같다. 문득 내 시의 색깔은 뭘까 하고 되묻는다. 그보다 말도 안 되는 소리 같겠지만 시를 더 쓰겠다면 시에서 나와야 할 것 같다. 그간의 시의 문법에서 나와야 한다. 저간의 시의 권력으로부터 독립해야 한다. 시는 시 안에 있는 게 아니라 시 밖에 있는 것이었다. 저 바람 부는 들판에 시가 있다. 저 사막 한가운데 시가 있는 것이다. 또 시를 무너뜨릴 때마다 시는 씌여질 것이다. 시를 죽여야 한다. 시에서 나와야 한다. 출가도 결국 집에서 나온다는 뜻이라고 하지 않았던가. 이왕 시에 뜻을 두었다면 매일매일 기상하자마자 단기 출가하듯 집을 나서야 할 것 같다. 신작 시집 앨범이 나온 지 일주일째 됐는데 산후통이 유독 심하다. 아직도 탯줄을 움켜쥐고 있는 것 같다. 이젠 탯줄을 놓아야 할 것 같다. 시집도 시집 밖에 있는 것 같다. 언어도 언어 밖에 있는 것 같다. 나도 나 밖에 있는 것 같다. 이 세상도 이 세상 밖에 있는 것 같다. 한국 교육도 한국 정치도 한국 교육 밖에 있고 한국 정치 밖에 있는 것 같다. 집을 나와야 한다. 떠나자. 한 번 더 떠나자. 그리고 한 번 더 방황하라. 어떤 권력과 타협하지 마라. 길은 그곳에 있지 않고 저 길 밖에 있다. 나가자. 시가 되는 순간이 아니라 시가 되기 바로 그 직전의 시를 쓰고 싶다. 이런 말이 갑자기 떠올랐다. 이게 말이 되는 지 잘 모르겠지만 알 것도 같다. 혼자 실없이 웃을 때가 있다. 지금이 바로 그때다. 무얼 발명했다고 생각하지 않지만 뭔가 발견했다는 생각은 들었다. 그런 생각이 들었다. 생각은 착각이니까 용서하라. 자기 자신을 부정하고 세상을 부정하는 게 쉬운 일은 아닐 것이다. 그러나 부정하는 것이야말로 자유다. 집을 나선다는 게 쉬운 일은 아니다. 오후엔 산책길 끝에 있는 자현암 앞에 가서 범종소리 듣고 오리라. 그대는 어느 세월에 출가할 것인가? (아아 그것보다 엊그제 나온 신작 시집은 몇 권이나 팔렸을라나?)

지금 여기

나는 지금 어디에 있는가. 밖에 있는가, 안에 있는가. 집에서 나왔는가. 아직도 노트북 앞에 있는가. 눈앞에 보이는 것은 지금 여기서 보면 하나의 사물일 뿐인가. **마침내 시가 되기 직전의 시만 남은 걸까.** 그리하여 시도 비대상이 되는 걸까. 현실이 아니라 비현실이 되는 걸까. 시에서 빠져나왔다는 것인가. 소위 시에 대한 어떤 지배적인 이데올로기로부터 쑥 빠져나올 수 있다는 것인가. 등을 돌릴 수 있을까. 무위할 수 있을까. 무자 화두를 움켜쥘 수 있는가. 그것조차 놓을 수 있는가. 패배할 수 있을까. 예컨대 고정되어 있는 어떤 법칙이나 메커니즘으로부터 벗어날 수 있는가. 눈앞의 이 현실에 불

응할 수 있는가. 이른바 진영 논리를 떠날 수 있겠는가. 창비 출신 꼬리표를 뗄 수 있겠는가. 앞으로 약력 란에 1988년 창작과비평 겨울호에 개척교회 등 6편을 발표하면서 작품 활동 시작했다는 문장을 싹 다 지울 수 있겠는가. 강원도 주문진 생, 이렇게 딱 한 줄로 요약할 수 있겠는가. 나 스스로 어떤 수식어를 물리칠 수 있겠는가. 고군분투할 수 있을까. 무장 해제할 수 있을까. 지금 여기서 자기 자신만의 시편들만 보여 줄 수 있는가. 지금 여기 사막 한가운데 혼자 서 있을 수 있 겠는가. 그 어떤 지식이나 관습으로부터 나의 시와 삶을 더 이상 사로잡히지 않을 수 있겠는가. 응답하라. 시는 기록이 아니라 고백이다. 아주 처절한 독백이다. 시는 치부다. 시는 이제 이면이 없다. 행간도 없다. 시인은 집에서 나와도 된다. 한국 문단과 등지고 살아도 된다. 그보다 더 한 것도 등져야 한다. 21세기 중반을 지나가는데 시의 권력과 문화적 권력이 흔들리지 않는 게 오히려 이상하지 않은가. 이미 20세기 초 남성용 소변기를 뒤집어놓은 '샘(Fountain)'(마르셀 뒤샹)이 전통적인 예술의 경계와 개념을 뒤집어놓지 않았던가. "시와 삶의 경계를 만드는 것은 시인들이 좀 특수하다는, 일반인과 다르다는 선민의식 아니면 차별의식에 지나지 않는다."(이승 훈)

끝없는 번뇌

시가 끝이 있는가. 없다. 번뇌는 끝이 있는가. 없다. 시인은
번뇌하는 자인가. 그렇지 않은가. 번뇌도 하고 고민도 한다.
걱정도 한다. 그러나 또 그런 걸 하루아침에 다 잊기도 한다.
시인은 안주하는 자가 아니기 때문이다. 어딘가 안주하면 권
력이 되고 억압이 되고 또 반복하게 된다. 번뇌를 좀 조심스
럽게 말하면 긴장도 될 것이다. 가령 한국 사회와의 긴장은
결국 번뇌에 이르게 될 것이다. 시가 싹트는 지점일 것이다.
우수와 번뇌는 시인의 동지일 것이다. 그러나 또 번뇌도 없고
우수도 없고 시도 없다. 나도 없다. 그곳이 시가 싹트는 지점
일 것이다. 하하. 허허. 어떻게 보면 있다, 없다 문제도 아닌

것 같다. 될 대로 되라는 것도 같다. 어떤 의미를 덜컥 덜컥 받아들이지 말자. 옷도 입어봐야 알고 시도 써봐야 안다. (시를 쓰지 않고 탈고한 적도 있다.) 그러나 옷도 시도 버려야 한다. 나도 버려야 한다. 그곳에 시가 있다. 언어도 버려야 한다. 그곳에 시가 있다. 아상도 버려야 한다. 그곳에 시가 있다. 그러나 그곳에 가면 시는 그곳에 있지 않을 것이다. 부주어상不住於相. 이상한 말 같지만 계속 쓰는 것만이 한 곳에 머물지 않는 길인 것 같다. 번뇌는 방황이고 방황도 번뇌인 것 같다. 번뇌도 떠나고 사유만 남을 것인가. 그곳에 시가 있는가. 시는 과거가 되었다. 아주 고색창연한 과거가 되었다. 언어도 과거가 되었다. 다만, 최소한의 언어만 남겨놓고 떠나자. 최소한의 분노만 남겨놓고 떠나자. 최소한의 번민만 남겨놓고 떠나자. 서정이니 실험이니 그런 말도 하지 말고 떠나자. 아직도 착에서 벗어나지 못했지만 시는 집착이 아닐 것이다. 번뇌의 끝은 모험일 것이다. 번뇌는 자기와의 부단한 싸움일 것이다. 이미 알고 있는 방식으로부터, 이미 썼던 방식으로부터 벗어나자. 그곳을 무엇이라 하는지 여기서 굳이 말하진 않겠다. **불안하지만 매혹적이고 혼자 머물 수 있는 곳이기 때문이다.**

어느 날 김근태 기념 도서관을 나오며

도봉시장 어느 식당에 들어갔다. 때마침 식당 주인의 아들 녀석이 책가방 휙 던져놓고 벽 쪽 긴 의자에 엎드린다. 지난번엔 저녁을 먹고 나올 때 내가 손을 번쩍 들자 곧바로 목례하던 소년이었다. 그러나 소년은 가게 문 닫을 때까지 가게 안에서 또 시간을 보낼 것이다. 초등학교 2학년이면 할 일이 많지도 않을 것이다. 그래도 자꾸 마음에 걸리는 게 있었다. 그게 뭘까? 식당을 나와 시장통을 지나 김근태 기념 도서관에 들렀다. 야! 저기 1층에 소년이 앉아서 책을 읽을 만한 공간이 눈에 번쩍 띄었다. 아니다, 세상이 바뀌었고 삶이 바뀌었다. 삶이 바뀌고 세상이 바뀌었으면 생각도 바뀌어야 한다.

그게 아니다. 그래 저 자리는 소년의 자리가 아니다. 그럼, 누가 어떻게 소년의 자리를 마련해줘야 하는가. 몇 해 전 졸저 에세이 시집에서 한국 사회의 당면 현안에 대해 언급한 적이 있었지만 다시 거두절미하고 이를 테면 유초등생 예체능계 및 초등영어 등 학원 교육비를 국가가 일정 금액 좀 부담하면 어떻겠는가. 아님 정책 입안이나 정책 집행이 빠른 각 지자체가 한번 나서보면 어떻겠는가. 예산도 없고 곳간도 비었는가. 또 주제 넘는 소리를 한 것 같지만 **모래 탑이 무너질 걸 뻔히 알면서도 또 모래 탑을 쌓는 심정으로 중언부언할 수밖에 없었다.** 사방이 어두워졌다. 도서관을 나와 시장통을 다시 걸었다. 시도 삶도 시절 인연을 따른다는 생각이 들었다. 바람이 휙 불었다. 시가 헛바람 같다는 생각도 들었다. 진지하게 살았다고 생각했는데 그게 다 헛바람이었다. 헛살았다는 거다. 꿈도 헛꿈이었다. 헛헛하고 헛헛하다. 시는 결코 진지한 세계가 아니었다. 시는 공허한 세계다. 시는 출구 없는 동굴의 세계다. 그나마 이런 말도 이젠 공허하다는 생각이다. 차도 떼고 포도 뗀 막다른 골목 같다. 군데군데 빈 가게 앞을 지나면서 대충 생각한 것이다. 진담이라 해도 좀 지나고 보면 다 잡담 같다.

아무것도 아닌 듯이

시는 아무것도 아닌 것에서부터 시작한다. 심장도 아니고 가슴도 아니다. 소재도 아니고 주제도 아니다. 시는 키보드 위의 잠시 망설이는 손끝에서 시작한다. 시는 키보드와 아주 가까운 곳에 있다. 시는 본래부터 설 땅이 없었다. 시의 영토가 어디 있었더냐. 시는 유목민이었다. 시는 떠도는 바람과 연인 관계일 것이다. 시는 무엇보다 타자의 문법을 따르지 않는다는 것이다. 시는 헛바퀴나 공회전의 작은 소음일 것이다. 무음일 것이다. 묵음일 것이다. 시는 실연당한 자의 창가를 두드리는 귀뚜라미 소리일 것이다. 시는 픽션일 것이다. 시도 쪼그만 구멍일 것이다. 여기저기 카드로 돌려막기 해야 하는 부채 같은 구멍이다. 시는 제 앞가림하기도 바쁠 것이다. 제 코가 한 석 자쯤 될 것이다. 각자의 삶도 그럴 것이다. 시는 시가 되는 순간 뭔가 무너지는 것 같다. 역사도 역사가 되는 순간 한쪽이 무너지는 것 같다. 역사가 되면 역사는 왜곡되는 것 같다. 말이 안 되는 것도 같다. 하루 만에 날이 금세 추워진 것 같다. 그러나 밖에 나가보면 안에서 생각하던 것보다 춥지 않다. 실제와 생각은 다르고 실제와 언어도 다르다. 하나의 개인으로 살고 하나의 개인으로 쓰는 게 맞다. 이것은 레토릭이 아니다. 시가 아닌 듯이, **시인이 아닌 듯이 살아야**….

시는 가까이 다가가서 보면 깨알 같은 자존심만 남았을 것이다. 시는 사제의 친구가 아니다. 시는 봉쇄수도원의 희미한 땅거미와 같다. 시는 쪽방촌의 이웃 주민이다. 아니다, 이웃 주민도 아니다. 지나가는 행인이다. 동창생쯤 되는 지인이다. 동네 조기축구회 회원이다. 시는 결국 낙樂이 아니라 무낙無樂에 이르는 길이다. 다만 그 길 위에서 그때그때 돌아서면 곧 잊어먹을 만한 쓸쓸함 같은 것이다.

아무것도 원하지 않는 삶

'**아무것도 원하지 않는 삶**'(현각), 이것은 속가의 삶이 아니다. 이것은 선승의 삶이다. 아무것도 원하지 않는 삶은 아무것도 갖지 않는 삶이다. 아무것도 갖지 않는 삶은 어떤 것인가. 현각 스님의 법문을 더 들어보자. '나는 집도 없고 옷도 없고 의료보험도 없고 차도 없다.' 이것은 속가에서 할 수 있는 일이 아니다. 우선 집을 나와야 할 수 있는 일이다. 결코 집에서 할 수 있는 일이 아니다. 그것은 또 스님의 말마따나 자유인의 삶이다. 그것 또한 아무나 할 수 있는 게 아니다. 아무나 자유하고 아무나 아무것도 원하지 않는 삶을 살 수 있는 게 아니다. 오래전 일이지만 어느 해 동안거 직후 서초

동에서 라이브 법문을 직관했다. "지금 이 순간! 이 순간! 저 선풍기 바람소리! 조선일보, 케이비에스 뉴스가 화두예요!" 법문도 화두도 계속 이어졌다. 스님의 법문은 바람보다 빠르고 어느 바람처럼 매우 서늘하였다. "세월호는 어떤 경전보다 더 중요한 화두였어요! 정신적 화두였어요! 핸드폰 보면서 울었어요!" 스님의 법문은 어떤 경전보다 울림이 컸고 어떤 화두보다 가슴에 닿았다. 살아있는 죽비였다. 바로 눈앞의 화두였다. 깊은 산중의 수행이 아니라 서초동 바닥의 수행이었다. 왜 선승들이 깊은 산중에서 내려왔는지 알 것 같다. 선승들이 왜 동안거 하고 하안거 하고 왜 묵언하는지 알 것 같다. 왜 저자거리에서 법문하는지 알 것도 같다. 왜 백을 버리면 백을 얻는다고 하는지 알 것도 같다. 오늘은 현각 스님 특집이다. 그날 들었던 법문 몇 구절이 내 휴대폰에 속기록처럼 고스란히 저장되어 있었다. 금강경의 핵심을 한 마디로 '공_空'이라고 하였고 또 무조건 믿으라만 가지고 안 통한다고 하였다. 불교는 원 포인트!로 보는 테크놀로지라고 하였고, 스티브 잡스는 참선 수행자였다고 비번 알려주듯 전해주었다. 또 일체유심조, 색즉시공 공즉시색, 인연법, 연기론… 어떤 것보다 중요한 것은 "참 나!"라고 외쳤다.

농담

언어는 픽션이다. 다 아는 얘기다. 삶도 픽션이다. 같은 얘기다. 시는 끝났다. 그런 것 같다. 읽고 쓰던 시대도 끝났다. 그런 것 같다. 목구멍이 포도청이다. 그렇지 않은가. 시의 혼령이 떠도는 것 같다. 그런 것 같다. 시는 삶의 알리바이라고 할 수 있는가. 그럴 때가 있다. 그러나 시는 시 없이 종종 삶만 내놓을 때가 있다. 삶은 없고 시의 순간만 손들고 있을 때도 있다. 모더니즘과 리얼리즘이라는 양대 산맥은 여전히 존재하는가. 이미 문 닫았을 것이다. 합정동이나 파주에 가보라. 아니다, 지나간 것은 돌아오지 않는다. 시는 시를 뚫고, 삶은 삶을 뚫고, 벽은 벽을 뚫고 나가야 한다. 시가 시한테,

삶이 삶한테, 벽이 벽한테 사로잡혀서도 안 될 일이다. 동문서답 같지만 대충 알아들었다. 시는 시를 버려야 한다. 다음 시집이 기대된다. 시의 뒷공간에 쿡 찔러 넣고 싶다. 그러나 공은 데굴데굴 굴러 밖으로 나갈 것이다. 시는 무용한 것이다. 오해도 이해도 하지 마라. 시와 삶은 실패한 사랑처럼 어긋나는 것이다. 그 어긋날 때가 사랑이 아니었던가. 시가 아니었던가. 그냥 더 깊은 곳에 찔러 두자. 더 깊은 곳에. 그것이 열정이 되어 혹은 간절함이 되어 언어의 손을 잡고 피어나길 바랄 뿐이다. 요새 나는 시를 믿지 않고 자꾸 의심하게 된다. 물증은 없고 심증만 있다.

북만주 벌판을 달렸다. 야간열차를 타고 달렸다. 창밖은 어둠뿐이었다. 끝이 없었다. 세상 밖으로 나가는 것 같았다. 어느 언덕엔 불빛이 보였다. 야반도주하는 자처럼 달렸다. 밤새도록 바람과 함께 달리다 보면 어둠도 바람도 장편 서사시 같았다. 앞에 앉은 소수민족 청년은 독립군 후예를 닮았다. 또 청마를 닮은 이는 창밖을 내다보고 있었다. 지금 생각해보면 다 말하진 않아도 반의반쯤이라도 말을 좀 붙여볼 걸 하는 아쉬움도 있다.

아무짝에도 쓸모없는 말이겠지만

시는 체험이다. 릴케의 말이다. 시는 시인의 고뇌가 툭 터져 나오는 것이다. 시인들끼리 하는 말이다. 시는 수사나 기교가 아니다. 어느 평론가의 말인데 그가 누군지 잊어버렸다. 시는 그냥 존재하는 것이다. 시야말로 존재론적 존재다. 문학개론에서 본 것 같다. 시인은 바다제비다. 김지하 시인이 했던 말인데 맞는지 모르겠다. 시인은 불침번이다. 김수영이 박두진과 사상계 대담 중에 했던 말이다. 시인은 잠수함에 승선한 토끼다. 누구의 말인지 다 알 것 같아 생략한다. 시인은 곡비다. 시인은 비겁하다. 시인은 낮도깨비다. 시인은 무당이다. 시인은 떠돌이다. 시인은 망명객이다. 한국 시인 중에서 어느 줄이라 해도 1번은 소월 형님이다. 시나 시인은 거창한 것이 아니라 자기 자신을 드러내는 것 이외 아무것도 없다. 「무슨 말씀」(정현종) 검색해보라. 시는 어디에 있는가. 시인은 어디에 있는가. 시는 자유다. 시인도 자유다. 누구는 산책을 하고 누구는 음악을 듣고 누구는 요가를 한다. 누구는 식당에 가고 누구는 찻집에 간다. 누구는 춤을 추고 누구는 재즈를 듣는다. 누구는 혁명에 가담했고 누구는 영혼을 팔았다. 누구는 담을 넘었고 누구는 선을 넘었다. 누구는 남의 집 사립문을 흔들었고 누구는 칩거 중이었다. 누구는 남의 연설문을 썼고 누구는 남의 회고록을 썼다. 누구는 무허가 집을 지었다 헐었고 누구는 그 집에 세 들어 살았다. **유튜브 말고 무관객 라이브 시 낭독하고 싶다. 한 100편···.** 시는 그림에 가깝다. 시는 언어유희다. 조금만 정색하면 시는 언어예술이다. 시는 발언이다. 시는 상상이다. 시는 느낌이다. 시는 미니 픽션이다(이승훈). 시는 생각보다 말로 만들어지는 것이다(말라르메). 시도 자존심이다. 시는 현실이 아니다. 시는 과학이 아니다. 시는 도덕도 아니다. 시는 쾌락을 쫓지 않는다. 시도 오락이다. 시는 패배다. 시는 허무다. 시는 대상에 대한 왜곡이다. 언어도 대상에 대한 왜곡이다. 시는 불특정 독자가 아니라 시인의 가슴을 향할 때도 있다.

이 산문집에 대한 소회

오전에 한 꼭지, 산책하고 나서 늦은 오후에 한 꼭지 쓴다. 한 꼭지, 한 꼭지 쓸 때마다 어떤 통념으로부터 조금씩 아주 조금씩 벗어나는 것 같다. 이를 테면 약간의 낯섦을 맛볼 때도 있다. 10월 초 신간 시집 최종 교정본을 출판사에 넘겨놓고 바로 그 다음날부터 썼다. 하루쯤 공백이 있었겠지만 심정적으론 하루도 공백이 없었던 것 같다. 그러나 글이라는 것도 알고 보면 마음을 다해 빈틈없이 쓰는 것보다 공백과 여백의 힘에 의해 쓰는 것이다. 무엇보다 우울의 힘과 침묵의 힘에 의해 써지는 것이다. 또 키보드 앞에 앉아 있는 것은 나의 마음이 아니라 나의 몸일 것이다. 그렇다, 마음이 아니라 몸이 움직여줘야 쓰게 된다. 특히 시보다 산문은 몸이 먼저 움직여줘야 한다. 산문은 몸이다. 그렇다고 시는 꼭 마음이다 말할 수도 없다. 시도 몸이 되어 가는 것 같다. 시가 자꾸 몸에 툭 닿는 것 같다. 시가 마음이 아니라 몸이 되어 가는 것 같다고 한 말은 좀 어려운 말인 것 같다. 도로 주워 담을 수도 없다. 그러나 그렇게 되어 가는 것 같다. 그렇다면 삶은 마음인가 몸인가. 사랑은 마음인가 몸인가. **뭔가 썰물처럼 빠져나가고 밀물처럼 들어오는 것 같다.** 그게 무엇인지 굳이 말하지 않겠다. 다만, 약간의 이를 테면 메타적인 공간이 생긴 것은 분명하다. 이 부드럽고 가벼운 것! 무의미하다는 것! 이것도 몸이 마음보다 먼저 알아주는 것 같다. 이 산문집은 그런 공백과 공간에 의해 조금씩 부양되었을 것이다. 군데군데 일정 양의 침묵도 우군처럼 동행하였을 것이다. 그럼에도 불구하고 힘을 **빼자.** 메타적인 공간은 힘을 다 **뺀** 곳이다. 담백하고 담담한 것이다. 때론 덤덤할 것이다. 그곳은 또 맨살이거나 맨삶이거나 맨얼굴일 것이다. 속살일 것이다. 그러나 나는 이미 내 것과 네 것의 혼음 관계일 것이다. 이 산문집도 어떤 선명함보다 그런저런 약간의 복잡함과 혼잡함이 엿보인다면 그런 것 때문일 것이다.

무제

무엇을 읽는 것만으론 이 막연한 증상을 달랠 수 없다. 혼자 속삭이듯 말하면 쓰는 것만이 사는 것이다. 쓰는 자들의 고민도 여기쯤 있을 것이다. (그러나 속지 말자. 쓰는 것하고 사는 것은 다르다.) 혹세무민하지 말자. 셰프의 세계를 몰라서 하는 말이지만 그들의 고민도 거기쯤 있을 것 같다. 먹는 것만으로 채울 수 없는 어떤 허전함이 있을 것이다. 댓글 한 줄 덧붙이는 것도 그럴 것이다. 마음이든 뭐든 어딘가 긁고 싶은 게 있다면 뭔가 어딘가 긁어줘야 한다. 뛰는 자도 걷는 자도 그럴 것이다. 그러나 많은 축구장을 찾은 관객이 다 축구 선수가 되는 것은 아니다. 많은 사람들은 보는 것만으로도 충분히 허기를 달랠 수 있기 때문이다. **그러나 이 산문집은 시도 아니고 삶도 아니다. 명상록도 수상록도 아니다. 에세이도 아니고 칼럼도 아니다.** 고작 단상일 뿐이다. 원고 청탁받은 것도 아니고 어디 투고하겠다는 것도 아니다. 자작극이라 하자. 1인무라고 하자. 그 1인을 위한 '살풀이' 춤이라고 하자. 무수천의 물소리라고 하자. 자판기 위에서의 나의 손놀림은 내 생각보다 조금 더 빠르고 급하다. 가끔 어떤 단어가 떠오르지 않아 조급할 때도 있지만 당황하지 않는다. 요번엔 이 산문집을 아파트 정문 쪽의 산후조리원 같다고 생각한다. 친정도 아니고 내 집도 아니다. 뜬금없지만 산후조리원의 모든 비용도 의료보험에 다 넣어서 더 많은 혜택을 주자. (참고로 국회에 제출한 2025년 정부 예산액이 전년 대비 20조원 증가한 677조 4천억 원임.) 글을 쓰는 일은 승자가 하는 일이 아니다. 이 일은 패자의 몫이다. 조선 후기 많은 실학자들의 저작물을 보라. 그들이야말로 골방에 앉아서 몸을 갈아서 글을 썼다. 그들의 왕조는 그 책에 있었다. 그들은 조선 사람이 아니었다. 그들은 청국도 알고 왜국도 알고 있었다. 그들은 출사를 목적으로 하지도 않았고 명성을 얻겠다고 글을 쓴 것도 아니었다. 그저 읽고 또 썼을 뿐이다. 저녁 무렵엔 긴 담뱃대를 입에 물고 긴 한숨도 쉬었을 것이다.

나는 나의 과거를 부정할 수 있는가

나는 나의 과거를 부정할 수 있는가. 나의 과거를 버릴 수
있는가. 가령 삶의 방식이나 글쓰기 방식을 또 관념이나 생각
을 버릴 수 있겠는가. 아님 바꿀 수 있는가. 아님 아주 새롭
진 못해도 좀 다르게 할 수 있겠는가. 뒤집어엎을 순 없을까.
당장 어제의 산책길을 바꿀 수 없을까. 다시 한 번 내가 끊임
없이 반복하고 있는 것들을 개무시 할 수 있을까. 조금이라
도 뒤집을 수 있을까. 어제의 시와 어제의 언어와 결별할 수
있을까. 출간된 지 십여 일쯤 된 저 신간 시집과 결별할 수 있
겠는가. 나는 왜 저 시집 출간 이후 줄곧 침묵하고 있는가.
이 침묵은 혼자만의 침묵인가. 이 침묵은 무엇인가. 이 침묵

이 이 산문집의 공간이 되었는가. 배경이 되었는가. 이 침묵은 우울인가. 이 침묵은 과거를 부정하는 터널인가. 어둠의 터널인가. 터널의 끝에는 무엇이 남았는가. 적어도 어떤 가벼움은 남았는가. **여러 날 지속되고 있는 이 침묵은 이른바 반항인가, 분노인가, 자학인가, 자기반성인가. 혹시 이 침묵은 과거를 부정하는 것인가.** 이 침묵도 불안한 것인가. 이 침묵은 내가 선택한 것인가. 이 침묵도 반복되는 것인가. 나는 나의 과거를 부정할 수 있을까. 나는 결국 이 침묵을 반복하고 있는가. 어제의 시와 오늘의 시 사이엔 미풍이 불었고 아주 개인적인 침묵도 있었다. 한때 술 마신 다음날도 그 다음날도 침묵이었다. 약간의 술은 침묵의 약제였다. 내 돈으로 술을 마시고 침묵한 꼴이었다. 부정기적이었지만 침묵은 전략적 동반자 관계였다. 그것은 또 고독에 이르는 길이었다. 지금은 침묵만으로도 침묵할 수 있게 되었고 고독에 닿을 수 있게 되었다. 오늘도 노트북 앞에 앉으면 나의 고독과 침묵이 그림자처럼 옆에 바짝 붙어 앉는 것 같다. 그리고 그들은 나에게 과거와 결별하기를 종용하고 또 나의 역사도 부정하기를 거듭 촉구해 마지않는다. 이들처럼 옆에서 쓴소리 하고 조언하는 자가 있다면 귀담아 들어야 한다. 챗지피티한테 물어보고 그의 말도 들어보라.

독자

작가는 독자를 만날 일이 없다. 앞뒤가 안 맞는 말이겠지만 독자는 있어도 작가는 없다. 작가는 없다. 심지어 책 속에도 작가는 없다. 작가를 찾지 마라. 작가의 얼굴을 보지 마라. 작가도 얼굴 없는 가수와 같다. 굳이 작가를 오프라인으로 끌어낼 필요가 없다. 저 책의 작가가 지나간다, 하고 슬몃 쳐다볼 뿐이다. 작가는 아무것도 없다. 심지어 그 책조차 작가가 가져갈 수가 없다. 노자를 보라. "낳지만 (그 공을) 소유하지 않고, 기르지만 그것에 기대지 않는다." 생이불유 위이불시生而不有, 爲而不恃. 간만에 왕필의 주석을 보자. **위이불유**爲而不有. "낳고 기르지만 (자신이 한 것으로) 소유하지 않는다."

왕필의 주석 끝에 덧붙인다면 세상의 책은 작가의 것이 아니라 독자의 것이다. 독자의 것도 아니다. 어쩌면 그 책의 주인은 그 책일 뿐이다. 이른바 그 위僞만 있을 뿐이다. 유有는 없다. 마찬가지다. 작가는 없다. 독자도 없다. 그럼에도 불구하고 독자는 있다. 그리고 좀 엉뚱한 말이지만 이젠 기승전결도 없다. 기승전결의 시대는 갔다. 선경후정도 갔다. 선경후정의 시대도 갔다. 전통적인 서정시도 갔다. 서정시를 쓰던 시대도 갔다. 시는 묘사다. 어색하지만 묘사의 시대도 갔다. 영혼의 시대도 갔다. 영혼 운운하던 시대도 갔다. 차라리 시의 귀신들이 떠도는 시대다. 그런 시대가 왔다. 스마트폰 액정화면을 슥슥 밀어내듯이 시를 슥슥 쓰면 될 것 같다. 무슨 의미도 무슨 메시지도 무슨 은유도 염두에 두지 마라. 제목도 없이 그저 넘버링하면서 쓰면 된다. 때론 넘버링도 할 까닭이 없다. 무제가 좋다. 다만, 아주 길고 아주 지루하고 지리멸렬한 시를 쓰고 싶다. 그리고 독자도 작가도 없는 시를 쓰자. 그리고 종이책 시집 말고 한번쯤 전자책으로 바로 가자. 저 사이버 공간에다 쓰자. 저 공백에 쓰자. 저 허공에다 쓰자. 이제 독자가 있는 곳은 이곳이 아니라 저곳이다.

허구와 사실과의 관계

허구인 듯해도 사실이 섞여 있고 사실인 듯해도 허구가 섞여 있는 것 아닌가. 영화도 그렇고 소설도 그렇고 삶도 그렇고 실은 시도 그렇지 않은가. 이 산문집도 그럴 것이다. 그것은 나쁜 것도 아니고 좋은 것도 아니다. 원래 그런 것이다. 그것을 그냥 어둠이고 기품이고 혼돈이고 지뢰밭이라고 하자. 그것은 어쩌면 내가 만든 것도 아니다. 그렇다면 허구도 네 것이고 허구 아닌 것도 네 것이다. 다시 말하자. 허구는 내 것이고 허구 아닌 것도 내 것이다. 내 것은 없다. 네 것도 없다. 아니다, 숨어 있는 것은 내 것이고 드러난 것은 네 것이다. 아니다, 그 반대로 말해야 할 것 같다. 아니다, 모르겠다. 차라리 모든 것은 환상이라고 하자. 기획된 것도 아니고 소속사 스케줄을 따른 것도 아니다. 다만, 지금부터 나도 모르게 반복되던 또 반복되던 것으로부터 조금씩 벗어나고자 한다. 내가 배우고 얻어들었던 지식으로부터 조금씩 비켜나고자 한다. 때론 불편하고 좀 엉거주춤할 때도 있겠지만 저 익숙한 것부터 떨쳐 버리자. 그리고 사회적 논의 사항이나 사회적 논리로부터 한 발짝 떨어져서 보자. 세상사도 환상 속의 바람일 것이다. 그도 그를 모를 것이다. 환영이든 환상이든 그런 것이다. 그러나 지금 이 산문집이야말로 나의 세상이다. 이 산문집이 나의 자서전이다. 이 산문집이야말로 개인적인 것이며 동시에 대사회적인 것이다. 이 책도 허구와 사실이 뒤섞여 있을 것이다. 어디까지 허구이고 어디까지 사실인지 알 수 없다. 그러나 이 글의 스탠스라는 것도 어쩌면 사실과 허구 사이에서 헤맬 때가 많을 것이다. 그 이면엔 통념에 틈을 내고자 하는, 어떤 균열이 금처럼 슬몃 보일 것이다. 그렇다면 이 산문집도 어떤 통념으로부터의 아주 미세한 균열의 에세이가 될 것이다. 그러나 아무것도 없는, 아무것도 아닌, 고립무원의 수상록이 될 것이다. 어느 시인의 소소한 메모장 같은 단상이 될 것이다.

6부

삶은 다큐인가 픽션인가

젊어선 다큐였고 늙어선 픽션 같다고 해야 할까. 잘못 말한 것 같다. 젊어선 픽션이고 늙어선 다큐라고 해야 하겠다. 아니다, 언제나 반반씩 섞여 있다고 하자. 아니다, 하루는 다큐 같고 하루는 픽션 같다고 하자. 아니다, 낮에는 픽션이고 밤에는 다큐라고 하자. 아니다, 이것도 아니고 저것도 아니다. 삶은 반복되면서 또 한편 살아지는 것뿐이다. 다큐는 픽션의 일부이고 픽션은 삶의 일부라고 하자. **자! 픽션 같은 따뜻한 아메리카노 한 잔 하자!** 혼자 선방에 앉아 있는 노승 같은 이여! 헷갈리지 마라. 이 사바세계는 온통 픽션일 뿐이다!

그때그때 급하게 혹은 즉흥적으로

무엇을 버려야 하는가, 삶도 시도 철학도 이 산문집도 무엇을 버려야 하는가. 이토록 오랫동안 가지고 있었던 것은 무엇인가. 나를 사로잡고 있는 것은 무엇인가. 내가 붙잡고 있는 것은 무엇인가. 금강경의 한 구절을 보자. "무릇 형상이 있는 것은 모두 다 허망하다. 만약 모든 형상을 형상이 아닌 것으로 보면 곧 여래를 보리라." 범소유상 개시허망 약견제상비상 즉견여래凡所有相 皆是虛妄 若見諸相非相 卽見如來. 여기선 여래를 보자는 것보다 제상비상諸相非相을 보자는 것이다. 그리고 다시, 여기저기 주워들은 지식도 버리고 가면도 버리고 편견도 버리고 옳은 소리도 갖다버리고 나면 바닥에 찌꺼기처럼 뭔가 가라앉을 것이다. 혼자된 무엇이 있을 것이다. 단지 '없음'만은 아닐 것이다. 아니다, 다 갖다버리고 비우면 바닥엔 결국 아무것도 없을 것이다. 찌꺼기도 없을 것이다. 뭔가 조금 남아 있다고 생각하는 것도 환각이다. 그 어떤 것에 사로잡히지 않는 시를 쓰고 싶다. 그러나 나는 이미 많은 것에 사로잡혔었고 또 의미를 되찾겠다고 뛰어다녔다. 또 현실을 갖다가 납작하게 더 납작하게 재생산하였을 것이다. 그러나 그럴 때마다 급하게 혹은 즉흥적으로 많은 관념과 만났다 또 헤어졌을 것이다. 때론 버스 떠난 뒤에 혼자 남아 손들고 있었을 것이다. 그때 나는 어디선가 버스가 오고 있다고 믿었다. 어쩌면 바로 얼마 전까지 말이다. "**10월의 혁명이 가고/ 11월의 혁명이 온다**"(리산, 「검정은 색깔이다」). 나의 10월은 가고 11월이 왔다. 혁명은 없고 침묵만 있었다. 그럼에도 불구하고 하루하루 혁명 전야 같다. 오오 아무것도 없는 나의 전야제여! 여기서 한 구절만 더 읽자. "모나리자의 얼굴에 수염을 그려 넣던/ 아무것도 아닌 자들의 아무것도 아닌 고독이/ 비무정 비슬픔 비애인 셀라비"(리산, 「인디 시인에게 무상급식을」). 시를 읽고 나서 속마음을 싹 다 감출 때가 있다. 시는 더 주고받을 것도 없다. 더 갖고 있을 것도 없다. 마치 시 아닌 것이 시가 되듯이… 셀라비!

생각을 줄이자

생각을 줄이자. **사소**思少 말도 줄이자. **언소**言少 밥도 줄이자. **식소**食少 좋다, 나쁘다 생각하지 말자. 좋은 것도 없고 나쁜 것도 없다. 이것저것 평가하지 마라. 평가야말로 꼰대 짓이다. 옳다, 그르다 생각하지 말자. 옳은 것도 그른 것도 없다. **무시무비법**無是無非法 생각도 알고 보면 어제의 생각을 반복하는 것 같다. 어제의 생각부터 부정하라. 어제의 생각을 아주 거칠게 저항하자. 과거는 나의 것도 아니다. 과거는 이미 누군가의 것이 되었다. (과거는 흘러갔다.) 과거의 나/너를 또 반복할 필요가 없다. 과거를 떨치기 위해서라도 먼저 생각부터 좀 적게 해야 한다. 입에서 나오는 말부터 적게 해야 한다. 밥도 적게 먹어야 한다. 오죽하면 단식을 하겠는가. 오죽하면 머리를 비우겠다고 하겠는가. 머리를 싹둑 자르겠다고 하겠는가. 왜 묵언하고 템플스테이 하겠는가. 왜 집을 나서겠는가. 왜 여행을 하겠는가. 잠시 머리를 비우고 생각을 줄이려는 것 아닌가. 잠시 말을 줄이려는 것 아닌가. 혼자 있고 싶어 그러는 것 아닌가. 아닌가, 싹 다 줄이자. 허리띠도 줄이고 기초자치단체도 중앙정부도 줄여야 할 것은 확 줄이자. 늦은 밤 홀로 중랑천 산책하다 보면 말도 줄이고 생각도 줄일 수 있다. 밤새도록 걷고 걸으면 강릉이든 북만주든 그대 집 앞이든 어딘가 도착할 것 같다. **"늘 과거에만 집착하는 이는 마치 썩은 음식을 먹는 것과 같다"**(아잔 간하). 그렇다, 썩은 음식을 먹고 싶은 이는 없다. 내가 입고 있는 이 거추장스런 옷도 죄다 벗자. 이 옷은 내 것이 아니다. 동서고금의 헐벗은 성자들을 보라. 그들이 왜 헐벗었을까. 그것만 생각하자. 아니다, 소위 사회적 가면이나 체면 같은 것도 벗어던지자. 그런 것도 생각 하지 말자. 어제의 시도 어제의 나도 생각하지 말자. 공이나 허공을 아는 이는 그럴 것 같다. 잠시 허공과 같은 마음으로 보라. 심동허공계心同虛空界(바수밀 존자).

손의 미덕

내 손에 뭐가 있다고 그는 손 한 번 잡아달라고 했을까. 오래전 내 직장에 드나들던 영업사원이 업무를 마치고 나서기 전 문 앞에서 했던 말이다. 얼떨결에 그의 손을 잡아주었지만 그렇게 따뜻한 손은 아니었을 것이다. 그냥 업무상의 평범한 손이었을 것이다. 코로나 시국 땐 어디서든 누구를 만나든 주먹을 마주치는 주먹 인사라는 걸 했었다. 서로 주먹을 내밀다 보면 어긋날 때도 있었지만 무엇보다 상대방의 손이 차가운지 따뜻한지 알 수 없었다. 주먹은 대체로 그런 것이다. 그러나 좀 더 가까운 사람끼린 아쉬움이 많았을 것이다. 손을 마주잡고 싶을 때도 있었겠지만 따뜻한 손을 느끼고 싶을 때가 더 많았을 것이다. 그러나 주먹은 그런 것을 통제하고 있었다. 주먹은 정을 나누는 손이 아니었다. 그리고 또 악수를 하다 보면 상대방의 악력을 짐작할 때가 있다. 물론 악력의 강도와 상대방과의 친분 관계가 일치하는 것은 아니지만 뭔가 휙 지나가는 게 있을 것이다. 그러나 그것도 오해의 소지가 있어 조심해야 한다. 또 유난히 손이 차가운 이도 있고 따뜻한 이도 있다. 물론 체질일 것이다. 손이 따뜻하다고 따뜻한 품성도 아니고 손이 차다고 차가운 품성도 아닐 것이다. 다만, 한방에선 귀와 손을 자극하면 건강에 좋다고 한다. 악수를 하자고 손을 내밀었을 때 외면하는 손도 있고 겨우 잡은 손을 일초도 안 되는 순간에 빼버리는 엿 같은 손도 있다. 그러나 뭐니 뭐니 해도 젊은 남녀가 손을 꼭 잡고 다니는 것을 보면 멀리서 보아도 아름답다. 가까운 사이라면 먼저 손을 내미는 게 훨씬 보기 좋다. 또 좋은 일로 박수 칠 일이 생겼으면 박수 치는 것도 손이 해야 할 미덕 중 하나일 것이다. 오늘도 키보드 바로 위에서 바쁘게 움직이는 수많은 손들에게 경의를 표하고자 한다. 그들의 손이 또 하나의 역사일 것이다.

필연보다 우연을

오직 침묵하자. 오직 글만 쓰자. 침묵할 땐 침묵하고 글 쓸 땐 글만 쓰자. 산책할 땐 산책하고 여행할 땐 여행하자. 놀 땐 놀자. 잘 땐 자고 먹을 땐 먹자. 이 세상의 그물 같은 덫에 걸리지 않기 위해 우선 가볍게 살자. 설명할 수 없을 만큼, 견딜 수 없을 만큼 가볍게 살자. 가볍게 살아야 덫에 빠지지 않을 수 있다. 덫에 빠지면 덫을 반복하게 된다. 덫은 더 깊은 덫을 원한다. 덫은 함정이면서 또 일종의 안락이다. 덫은 쳇바퀴 돌 듯 반복을 독려한다. 덫도 권력이다. 그 덫은 또 말하자면 나의 언어가 아니다. 나의 문법이 아니다. 언어나 문법은 소위 현실적인 상징계이기 때문에 그것도 일종의 덫이다.

덫은 또 수렁이다. 덫이야말로 이 시대와 사회를 지배하는 강력한 틀이며 이데올로기일 것이다. 덫은 삶과 언어를 규정하고 규범하는 또 하나의 살아있는 권력일 것이다. 물론 시는 그 너머 있을 것이다. 시는 그곳에 있을 것이다. 그게 또 시의 덫일 것이다. 그 덫은 닻이 될 것이다. 그 덫의 순간은 곧 닻의 순간은 남의 것이 아니라 비로소 내 것이 된다. 남의 것은 갖다 버리고 내 것은 남는다. 내 것만 남아도 남의 것도 찌꺼기처럼 남는다. 그게 덫이고 닻의 운명이다. 우연히 다가오던 덫을 보라. 덫과 함께 다가오던 것을 보라. 그것이 무엇인지 나는 모른다. 누구는 그것을 불안 중의 불안이라고 말하지만 나는 그것을 모른다. 나는 모른다. 다만, **이 글의 단어나 문장의 단초도 필연보다 우연에 따른 산물일 때가 많다.** 필연은 필연을, 우연은 우연을 따를 것이다. 우연은 소통을 중시하지 않는다. 우연에 기초한 사유는 연대를 강조하지 않는다. 그저 또 하나의 사유의 파편일 뿐이다. 그 파편들 예컨대 무재미, 무계획, 무의미, 불가능한 것, 비현실, 죽음충동 그리고 아직 파편이 되지 못한 것들도 있다. 강박증, 억압, 남의 시선, 반복적인 너무나 반복적인 것들….

걷기-죽림동성당

숙소는 6층이었다. 창밖의 뷰는 완전 텅 빔 그 자체였다. 텅 빔. 나도 텅 비워지는 느낌이었다. 숙소를 나왔다. 시장골목을 걸었다. 동네 주민처럼 걸었다. 방금 육쌈 식당 창가에서 점심 먹던 손님처럼 걸었다. 서울 가까운 외곽보다 좀 더 먼 곳은 이런 것이었다. 내가 굳이 누군가가 될 까닭이 없고 아무개처럼 걷기만 하면 된다. 가게 안의 손님들을 흘끔 훔쳐봐도 된다. 모처럼 느릿느릿 걸어도 되고 딱히 서두를 것도 없다. 어떤 추억도 없이 역사도 없이 아무것도 없이 걷기만 하면 되는 것이다. 저녁 강을 향해 걷고 있었다. 그러나 어두운 강 그 너머를 향하고 있었다. 강을 건넜다. 저쪽 강변길도 눈에 익었지만 입간판으로 길을 막아놓았다. 천천히 우회하여 카페에 들어갔다. 낯익은 곳이다. 벽면의 유화 속 자작나무들과 눈이 마주치자마자 나무 허리쯤이 흔들리는 것 같다. 아님 내가 먼저 흔들렸다는 것인가. 걸으면서 또 되돌아오면서 나는 줄곧 뭔가 되뇌고 있었다. 이를 테면 시인인 듯, 시인이 아닌 듯, 외곽, 낯섦, 일탈, 방황, 통념, 세계, 침묵, 모호함, 시보다 시적인 것, 유혹, 강박증, 과거, 언어, 문법, 시, 반복, 가벼움, 부정, 비현실, 사유, 새로움, 혁명, 변혁, 권력, 아웃사이더, 역사, 지식, 인식, 고통, 편견, 폭음, 폐허, 픽션, 혼돈, 환상, 히스테리아….

다음 날 죽림동성당 뒤란을 걸었다. 걸었다는 표현은 맥락이 안 맞는 것 같고 나지막한 걸음으로 아주 작은 걸음으로 거닐었다. 그때 갑자기 후두둑 비가 뿌렸고 그 바람에 이번엔 경내의 긴 회랑을 거닐게 되었다. **1처부터 14처까지 각 처 부조물 앞에서 잠시 걸음을 멈췄다.** 처음 보았다. '십자가의 길'이었다. 문득 도봉산 어느 절집 벽면의 '심우도'가 떠올랐다. 비가 좀 그치자 죽림동성당을 나왔다. 일행과 함께 남춘천역까지 걸었다. 그냥 담담하게 걸었다. 걷는 내내 9처, 5처 특히 10처가 계속 머리 위에서 맴돌았다.

무의미한 것

시는 마치 잘못 들어간 뒷골목 같다. 시 앞에 하루 종일 앉아 있어도 시도 나도 뭘 해줄 게 없다. 서로 주린 배를 움켜쥘 뿐이다. 즐거움이니 깨달음이니 하는 말들이 떠돌았지만 그 또한 박물관의 언어가 되었다. 시가 사라진 마당에 무슨 말을 더 보태겠는가. 그러려니 하고 살아야 하고 그러려니 하고 쓸 수밖에 없다. 그러나 보잘것없지만 그것도 나름 시의 해방이라고 생각한다. 시의 자유라고 생각한다. 시 혼자 남은 것 같다. 시인 혼자만 남은 것 같다. 그럼에도 불구하고 외롭지 않다. 볼품없는 외로움이야말로 시의 동지 아니었던가. 그 또한 시의 자존심이다. 이제 하나 남은 시의 대상이다. 아시다시피 그조차 버려야만 비대상이 된다. 그조차 버려야 자유가 된다. 그 대상을 쫓지 않아야 비대상이 된다. 그리고 허무에 닿을 때까지 그 허무를 뚫고 나갈 때까지 대상을 쫓지 않아야 한다. 그러나 그 대상도 과거일 것이다. 과거를 무너뜨려야 한다. 과거의 반복은 결국 관념의 반복일 것이다. 모든 과거와 과거의 과거도 무너뜨려야 한다. 그것이 시의 자유일 것이다. 그것이 또 시인의 자유일 것이다. 그것은 또 오롯이 나의 과거일 것이다. 이것은 윤리의 문제가 아니다. 이것은 시의 문제이며 동시에 인식의 문제이기 때문이다. 제복을 입었다면 제복을 벗어야 하고 수사나 기교가 앞섰다면 수사나 기교를 내려놓아야 한다. 욕실에 옷을 입은 채 들어가진 않을 것이다. 시의 세계는 그곳에 있을 것이다. 심지어 시의 제목조차 이런 것을 염두에 두어야 한다. 좀 다른 말이지만 시와 삶이 어긋날 때가 있다. **제복이나 수사나 기교가 아니라 또 내용이나 관념이 아니라 거듭 말하지만 시조차 겨우 제도와 형식만 남았다는 것.** 빙산의 일각 같은 언어만 남았다. 그것이 숙명처럼 다가온다.

꿈이요 환상이요 헛꽃인 것을

할喝! "마주치는 대로 곧바로 죽여라. 부처를 만나면 부처를
죽이고, 조사를 만나면 조사를 죽이고, 아라한을 만나면 아
라한을 죽이고, 부모를 만나면 부모를 죽이고, 친척과 권속
을 만나면 친척과 권속을 죽여라. 그래야 비로소 해탈하여
사물에 구애되지 않고 투철히 벗어나서 자유 자재하게 된다
逢著便殺 逢佛殺佛 逢祖殺祖 逢羅漢殺羅漢 逢父母殺父母 逢親眷殺親眷 始得解說 不與
物拘 透脫自在." (『임제록』) 선승들의 말을 따르면 안을 향하든 밖
을 향하든 부정하라는 것이다. 죽이라는 것도 뭘 어떻게 하
라는 게 아니다. 다른 사람에게 미혹을 받지 말고 다른 사람
에게 속지 말라는 것이다. (莫受人惑) 하나만 덧붙이면 무엇

이든 집착하지 말라는 것 같다. 그렇다, 시를 만나면 시를 죽이고 시인을 만나면 시인을 죽일 것이다. 김수영을 만나면 김수영을 죽이고, 김종삼을 만나면 김종삼을 죽일 것이다. 검객을 만나면 검객을 죽이고 묵객을 만나면 묵객을 죽일 것이다. 파도를 만나면 파도를 죽이고 큰 산을 만나면 큰 산을 무너뜨릴 것이다. 과거를 만나면 과거를 죽이고 현재를 만나면 현재를 뛰어넘을 것이다. 추억을 만나면 추억을 건너뛰고 간밤의 꿈이 생각나면 간밤의 꿈을 재생하지 않을 것이다. **과거의 문법을 만나면 과거의 문법을 죽이고, 일군의 통념의 언어, 그 과거의 언어를 만나면 과거의 언어에 사로잡히지 않을 것이다.** 역사를 만나면 역사를 죽이고 나의 신념을 만나면 나의 신념조차 무너뜨릴 것이다. 그리고 침묵하게 되면 침묵할 것이고 고독하게 되면 고독할 것이다. 차를 마시게 되면 차를 마실 것이고 술을 마시게 되면 술을 마실 것이다. 11월의 첫 추위를 만나면 첫 추위를 만날 것이고 늦은 산책을 하게 되면 늦은 산책을 할 것이다. 벽을 만나면 벽을 무너뜨릴 것이고 무너진 그 벽이 시가 되고 꽃이 되고 꿈이 되고 환상이 될 것이다. 그러나 또 꿈이 되고 헛꽃이 되고 환멸이 될 것이다.

이 세계 밖에서 흔들리는 것(들)

이제 시는 이 세계 밖에 있다. 이 세계의 언어와 문법 밖에 있다. 마침내 시는 시 밖에 있을 것이다. 그것은 도피가 아니라 억압과 구속으로로부터 이탈이다. 타락이나 몰락이라 해도 상관없다. 이탈이나 타락이나 몰락을 서러워할 것도 없다. 그것도 즐거움이 될 수 있고 가벼움이 될 수 있기 때문이다. 닭 쫓던 개가 지붕 쳐다본다는 심정이 시의 심정일 것이다. 시는 닭도 개도 잡지 못한다. 지붕에 오를 수도 없다. 시는 빈손이고 빈집이고 빈털터리일 뿐이다. 때때로 비승비속이다. 꿈이 있어도 꿈이 없고 배가 고파도 배가 고프지 않다. 그저 제 마음을 덜컥 내주고 그저 제 마음을 덜컥덜컥 빼앗길 따름이다. 허전할 때가 있다. 허망할 때도 있다. 爲者敗之, 執者失之. 노자의 이 말에 대해서도 역시 왕필의 주석은 날카롭고 빛이 서려 있다. 의도적으로 붙잡다가는 반드시 잃게 된다. 집지 필실. 執之 必失.

자, 화제를 돌리면 약간의 푼돈만 있으면 떠나라. 집을 떠나도 좋고 집을 비워도 좋다. 집안에 있어도 집에 머물지 않고 시를 써도 시가 아니어도 좋다면 더할 나위 없이 좋다. 시를 쓰지 않아도 시가 또 떠오른다면 이것이야말로 즐거운 일 아닌가. 시에 대한 삶에 대한 나아가 언어에 대한 심지어 이 세계에 대한 가벼운 질투야말로 나를 기쁘게 한다. **문청 때처럼 까닭 없이 밀려오는 이 고립과 방황과 회의와 불안이 오히려 나를 가볍게 한다.** 이것을 또 무엇이라 해야 하는가. 바람 부는 들판에 헐벗은 나무 한 그루만 남은 것 같다. 그가 흔들리면 나도 흔들리고 시도 흔들린다. 바람이 뚝 그쳐도 그가 흔들리고 나도 흔들리고 시도 흔들린다. 문득 깊은 것도 낮은 것도 높은 것도 멀리 있는 것도 흔들리고 한 번 더 흔들리고 나면 들녘의 바람은 또 그칠 것이다.

그래도 시와 정치를 위하여

그래도 시와 정치를 위하여 그러나 펼쳐놓고 보면 시도 없고 정치도 없다. 시와 정치 운운 했겠지만 시도 정치도 다 떼고 두서없는 글이 되었다. 즉흥적이고 뭔가 급한 글이 되었다. 딱히 염두에 둔 것도 없었지만 대상이 될 만한 것도 없었다. 대상을 놓친 것도 같았지만 그렇다고 대상을 뒤쫓아 갈 엄두도 나지 않았다. 어느덧 그냥 제풀에 쓰는 글이 되고 말았다. '비대상 산문집'이 되었다. 그리고 주제 넘는 말이겠지만 시든 정치든 내가 여기 노트북 앞에 앉아 격무에 시달리듯 오전에 한 꼭지, 오후에 한 꼭지 쓰는 것보다 더 정치적이고 더 시적인 것은 없을 것이다. 그러나 지금은 시가 없다. 지금은 정치도 없다. 한국 시는 한국 시의 자장 안에서 반복되고 있고, 한국 정치는 언제나 한국 정치의 자장 안에서 맴돌고 반복되고 있다. 보라! 일례로 한국 시만 해도 각종 문학상과 신춘문예는 한 해도 거르지 않고 순항 중이며, 한국 정치도 의정 갈등 하나만 해도 해를 넘길 것 같은데 해결의 실마리는커녕 제자리에서 반복되고 있지 않은가. 화제를 좀 바꾸어서 한국 사회 각 분야마다 3040 혹은 2030 세대에게 마이크를 넘겨보자. 국가 정책이나 현안에 관한 그들의 목소리를 가감 없이 들어보자. 아니면 온라인 창구 가령, 200~1000자 분량의 전용 게시판을 한시적으로 운영하면 어떻겠는가. 그리고 그들의 육성 백서를 정리하여 차기나 차차기 정부에서 반영하도록 하면 어떻겠는가. 아무짝에 쓸모없는 말인가. 이제 시와 정치에 대해 우호적인 혹은 낙관적인 전망은 어려울 것 같다. 끝으로 **나와 나의 시를 둘러싼 고정관념과 타자의 언어에 대해 문제시하고 한 번 더 갈등과 대립을 겪으며 마침내 그것을 부정하자.** 그리하여 오래전 어느 시인이 읊조린 것처럼 한번 되뇌어 보자. "가난하고 외롭고 높고 쓸쓸하니…"(백석, 「흰 바람벽이 있어」)

작가의 말

그때그때 한 단어가 떠오르면 그 단어를 또 한 문장이 떠
오르면 그 한 문장을 처다보듯 급하게 썼다. 중언부언하듯
동어 반복하듯 썼다. 운이 좋았다. 매일 아침마다 한 단어가
찾아왔고 또 한 문장이 찾아왔다. 고맙다. 아주 가끔 손끝에
닿던 동도제현의 시 한 구절도 고맙다. 또 군데군데 인용할
수 있었던 선지식들… 블라디미르 마카닌, 현각, 아잔 브람,
아잔 간하 그리고 금강경, 임제록, 노자, 왕필 주석도 고맙다.
특히 오래전 이 산문집 구상 단계 때 어떤 영감을 준, 박세현
형님도 고맙다. 군이 할 말은 아니지만 맨 앞의 두 꼭지는 작
년에 썼던 것이고 그 이후 약 한 달여 동안 쓴 것이다. 한 달
여 전 시집 최종 교정본을 넘겨놓고 그 다음날부터 돌아앉아

서 썼다. 어떤 쓸쓸함이 먹구름처럼 몰려왔고 그것을 피하기 위해 쓴 것도 같다. 어떤 침묵을 한 번 더 침묵하기 위해 매달린 것도 같다. 비록 사적이지만 그 침묵이 고맙다. 그 공백도 그 가벼움도 고맙다. 더구나 이번 침묵은 과거를 향한 침묵이었던 것 같고 어떤 통념을 향한 침묵이었던 것 같다. 어떤 틀과 환영과 심지어 어떤 이데올로기를 향한 것이었다. 물론 침묵만 가지곤 안 된다는 것도 알았다. 아무튼 그 침묵이 고마웠고 그 쓸쓸함도 고마웠다. 무수천변 산책길이 고맙다. 그 산책길 동행자도 고맙다. 늦은 밤 중랑천 산책길도 고맙다. 몇 군데 인용했지만 창비 어플 시요일도 고맙다. 끝으로 이 산문집 원고 파일도 받자마자 즉각 착수할 것 같은 경진출판 편집부 및 양정섭 사장님도 고마울 따름이다. 아 조선시대 연암 선생은 하룻밤에 강을 아홉 개나 건넜다고 하는데, 나는 고작 샛강 하나 건넌 것 같다. 내 걸음은 부족하고 더디기만 하다. 그럼에도 불구하고 소위 아버지의 강을 건너야 하고 언어와 논리의 강도 건너야 한다. 고독의 강도 침묵의 강도 건너야 한다. (2024년 11월 20일 자정)

그래도 시와 정치를 위하여

ⓒ강세환, 2024

1판 1쇄 인쇄__2024년 12월 20일
1판 1쇄 발행__2024년 12월 30일

지은이__강세환
펴낸이__양정섭

펴낸곳__예서
　　　　등록__제2019-000020호

제작·공급__경진출판
　　　　사업장주소__서울특별시 금천구 시흥대로 57길 17(시흥동), 영광빌딩 203호
　　　　전화__070-7550-7776　팩스__02-806-7282
　　　　스마트스토어__https://smartstore.naver.com/kyungjinpub/
　　　　이메일__mykyungjin@daum.net

값 15,000원
ISBN 979-11-91938-82-1 03810